Barbaros Altuğ

Ausländer

Roman

Aus dem Türkischen
von Johannes Neuner

Barbaros Altuğ

Ausländer

Roman

orlanda

reihe welt bewegt

Nicht wenn er erlebt, ist der Mensch glücklich,
sondern wenn er sich erinnert.

Im Juli 2016 fand in der Türkei etwas statt, was von der Regierung als »Militärputsch« bezeichnet wurde, aber was es genau war, ist noch nicht aufgedeckt worden. Hunderte von Zivilisten wurden an jenem Tag getötet, Hunderttausende von Menschen entlassen, Akademiker und Journalisten gekündigt, Zeitungen geschlossen. Viele Intellektuelle und Akademiker, die arbeitslos geworden waren, wurden zu Kriminellen erklärt und mussten ins Ausland gehen. 94.000 Menschen ließ man verhaften. Zehntausende sitzen noch immer wegen terroristischer Anschuldigungen im Gefängnis. Alle Bemühungen der Zivilgesellschaft, die Hintergründe dieser Ereignisse aufzuklären, blieben erfolglos.

»Wer aber der Sprache dient, und sei es auch noch so unvollkommen, sollte immer auch der Wahrheit dienen.«
Anthony Burgess, *Der Fürst der Phantome*

Gehen wir fort von hier

August 2016, Cihangir

Es war die Zeit, in der viele von uns mit dem Gedanken spielten, das Land zu verlassen. Wir waren bedrückt. Uns war klar geworden, dass die schönen Tage, die wir nicht richtig zu schätzen gewusst hatten, nun für immer vorbei waren. Der Sommer ging seinem Ende entgegen, doch nach wie vor war es heiß. Vielleicht nicht ganz so heiß wie in den vergangenen Jahren, aber definitiv war Istanbul für uns nicht mehr dieselbe Stadt; eine langwährende Gemeinschaft schien allmählich zu zerfallen. Unsere Stammlokale hatten geschlossen, unsere Lieblingsdichter saßen im Gefängnis und es erschienen immer weniger Bücher, die wir noch hätten lesen wollen.

»Jedenfalls war noch keine von uns dort«, sagte Suna, indem sie den Rauch ihrer sehr, sehr dünnen Zigarette zur Seite fortblies. Wir saßen an einem schattigen Tisch am Ende einer zu beiden Seiten von Cafés gesäumten Straße in Cihangir und tranken Eistee. Wie fast alle redeten auch wir darüber, der Stadt mal den Rücken zu kehren. Sunas Freundin war mitsamt ihrer drei Kinder nach Lissabon ausgewandert und kam offenbar aus dem Schwärmen nicht mehr heraus. Auswandern wollten wir zwar nicht gleich, aber doch wenigstens wieder frei atmen können. »Fünf Tage lang gefällt es einem überall, besonders, wenn man noch nie dort war«, sagte Suna. Da hatte sie recht; nahezu alles ist irgendwie interessant, wenn man es gerade neu entdeckt. »Mir ist es schnuppe, ich hab ja sowieso nichts zu tun«, sagte Tuba. Sie gehörte seit einem Jahr zu der Heerschar arbeitsloser Journalistinnen und Journalisten. »Wenn du wirklich gut wärst, hättest sie dich ins Gefängnis gesteckt. Aber deine Artikel waren so harmlos, dass du einfach bloß entlassen wurdest«, so zogen wir sie auf.

Als wir von unserem Tisch aufstanden, war bereits alles in trockenen Tüchern. Wir hatten Tickets für einen Flug nach Lissabon um 11.50 Uhr des nächsten Tages gebucht und einen Mietwagen reserviert. Möglich, dass der Wodka, mit dem wir den Eistee aufgepeppt hatten, seinen Teil dazu beigetragen hatte, aber so war es jetzt eben. Wir würden nach Lissabon fliegen: Suna, Tuba und ich, Dunya. Gleichfalls dem Wodka zu verdanken war es vermutlich, dass wir keinerlei Angst mehr vor Düsenjägern hatten, wie sie noch im letzten Monat über dieselben Straßen geflogen waren, durch die wir nun gingen, ohne dass wir uns im Schatten der Bäume hätten verstecken können, die es längst nicht mehr gab. Seit einer Ewigkeit waren wir erstmals wieder von Hoffnung erfüllt. Wie sehr wir alle, jedenfalls vorübergehend, auf diese Hoffnung noch angewiesen sein sollten, das würden wir in Lissabon erfahren.

Die Gegenwart

Die Bedeutung der Gegenwart wird einem meist erst im Nachhinein klar. Denn die Gegenwart trägt die Schatten der Vergangenheit in die Zukunft. Solange man jedoch selbst nicht involviert ist, kann man die Bedeutung der Gegenwart auch an der Vergangenheit ablesen. So wissen wir zum Beispiel, dass Tuba bald zu Melih sagen wird, dass sie ihn nicht mehr liebt. Sie wird nach Hause gehen und es tun; das hat sie uns gestern Abend schon angekündigt und heute noch einmal. Es ist der Schlussstrich unter ihrer siebenjährigen Ehe. Nur Melih weiß noch nicht, was auf ihn zukommt.

»Beziehungen sind wie alte Bekannte«, sagte Tuba, als sie es uns erzählte. Sie schlug ihre blauen Augen nieder, aus denen der frühere Glanz gewichen war. »Man gewöhnt sich mit der Zeit an sie und ist sie irgendwann leid«, fuhr sie fort, ehe sie eilig, wohl aus der Befürchtung heraus, wir könnten sie falsch verstehen, hinzufügte: »Was natürlich nicht heißt, dass man nichts mehr mit ihnen zu tun haben will, aber man braucht doch ab und zu ein bisschen Abwechslung. Nicht wahr?« Sie erwartete keinen Widerspruch, sondern Bestätigung; es war klar, dass an ihrer Entscheidung nicht mehr zu rütteln war.

Tuba ist seit sieben Jahren mit Melih verheiratet. Vorher hatten sie drei Jahre lang ein Verhältnis, doch als sie beschlossen, ein gemeinsames Kind haben zu wollen, setzten sie sich zusammen und sagten sich: »Dann heiraten wir wohl am besten.« Der Kindersegen blieb aus, aber sollten sie sich deswegen scheiden lassen? Die Ehe änderte schließlich nichts an ihrer Liebe. »Wir haben mindestens viermal pro Woche Sex, stell dir das vor! So war es vorher mit keinem. Und das wird auch so bleiben«, hatte sie an ihrem ersten Hochzeitstag zu mir gesagt. Ich erinnere mich noch an jedes Detail: an ihre tirilierende Stimme, daran, wie ihre blauen Augen funkelten, wenn sie Melih anblickte, und an die Hände der beiden, die nach jeder – meist sehr kurzen – Trennung wieder zueinanderfanden wie zwei Schlingpflanzen. Während sie ihren Jahrestag feierten, versuchte ich gerade, über den schlimmsten Liebeskummer hinwegzukommen, den ich je erlebt hatte. Ich war so überzeugt davon, es nicht zu schaffen, dass ich mich völlig von der Außenwelt abgeschottet hatte; ich hatte mich ins Schlafzimmer eingeschlossen, die Vorhänge zugezogen, ging nicht mehr aus dem Haus und sprach mit keinem. Die innere Schwärze hatte sich über mein ganzes Leben gelegt.

Aber es gab ja noch Tuba, und es begann mit ihren Anrufen. Weil ich diese nicht entgegennahm, ging sie dazu über, mir SMS zu schicken. Und nachdem ich das Telefon abgeschaltet hatte, stand sie plötzlich vor meiner Haustür. Allerdings nicht allein: Melih und ein Mann vom Schlüsseldienst waren dabei. Ich hatte das Schlafzimmer noch nicht verlassen, da war das Schloss bereits geöffnet und Tuba marschierte auf mich zu.

Erst knallte sie mir eine. »Schäm dich!«, sagte sie. »Glaubst du wirklich, du wärest so wenig wert, du blöde Kuh? Was glaubst du denn, was aus uns werden soll, wenn dir etwas zustößt?« Dann brach sie in Tränen aus und warf sich mir um den Hals. Melih, der mit kühlerem Kopf zur Sache ging als wir, die wir nun beide heulten, und außerdem sah, wie elend es mir ging, löste mich aus der Umarmung mit Tuba, sagte: »Komm, du nimmst jetzt erst mal eine Dusche«, und führte mich ins Bad. »Die Tür bleibt offen, zur Sicherheit«, sagte er. »Keine Angst, ich schaue dir schon nichts weg.« Der immer noch schniefenden Tuba gebot er, Kaffee aufzusetzen. Ich konnte es zwar nicht sehen, aber vermutlich nickte sie, denn so ist Tuba: In Krisensituationen hat sie mitunter nichts dagegen, sich führen zu lassen. Und so befolgten wir gehorsam Melihs Anweisungen, als wäre er unser Vater und wir seine Kinder.

Als ich aus der Dusche trat, fühlte ich mich schon besser. Melih wich auch weiterhin nicht von meiner Seite, als ich mich in meinem Zimmer anzog. Während er wartete, ließ er seinen Blick über Fußboden, Wände und Decke schweifen. Dann nahm er mich an der Hand, und wir gingen ins Wohnzimmer. »Jetzt wird Kaffee getrunken«, sagte er. Er klang ruhig und bestimmt. Weil ich seit Tagen mit niemandem geredet hatte, hatte ich gar nicht mehr gewusst, wie wohltuend so eine menschliche Stimme sein konnte. Tuba stellte für jeden eine Tasse hin und setzte sich neben mich. Während ich trank, strich sie mir über den Kopf. »Du kannst heute bei uns zu Abend essen«, sagte sie. Wir schwiegen. Als wir den Kaffee getrunken hatten, sagte Melih: »Du kommst am besten gleich mit und bleibst eine Weile.« Nachdem er die Haustür hinter sich abgeschlossen und die Schlüssel in die eigene Tasche gesteckt hatte, fügte er hinzu: »So sparen wir uns auch in Zukunft den Schlüsseldienst.«

Aber erst als die Torte auf dem Tisch stand, wurde mir bewusst, dass es ihr erster Hochzeitstag war. Es war eine schmerzliche Erkenntnis, denn ihr Glück rief mir wieder das Glück in Erinnerung, das ich gerade verloren hatte. Es beschämte mich, dass sie mich an ihrem Freudentag bei sich aufnehmen mussten, damit ich wieder auf die Beine kam, so aber hatte ich auf eigentümliche Art und Weise auch teil an ihrer Liebe. An dem Abend begriff ich, dass Tuba im Grunde meine Familie war. Und ich wollte alles tun, damit sie noch lange so glücklich wäre. Selbst wenn ich dafür würde lügen müssen.

Zum Flughafen

Den restlichen Abend über herrschte in unserer gemeinsamen WhatsApp-Gruppe Funkstille, was ungewöhnlich war, doch Suna und ich hatten es so abgemacht. Mit ihr blieb ich zwar in Kontakt, aber Tuba war weder online, noch schickte sie eine Nachricht.

Als wir am nächsten Morgen erwachten, war jedoch die erste Nachricht schon da. »Ich habe die ganze Nacht kein Auge zugetan«, schrieb Tuba. »Du musst fahren, Suna, vergiss den Führerschein nicht.« Das war alles. Suna und ich wohnten im selben Viertel. Wir wollten gemeinsam zum Flughafen fahren. Tuba hatte geplant, von Arnavutköy aus den direkten Weg zu nehmen. Aber nur wenige Augenblicke später kam die nächste Nachricht. »Ich gabele euch unterwegs auf, wir passen doch alle in ein Auto.«

Obwohl es erst acht Uhr morgens war, schlug uns die Hitze des Asphalts bereits ins Gesicht. Wir postierten uns vor der Konditorei in Fındıklı und warteten – ich mit meinem schwarzen, Suna mit ihrem pinken Koffer. Während Suna hineinging, um frisch gebackene Poğaça zu besorgen, kam Tuba angebraust und drückte direkt neben mir auf die Hupe. »Ich setze mich nach hinten«, sagte sie, während wir die Koffer verstauten. Als Suna den Fahrersitz auf sich eingestellt hatte und die Musik wechseln wollte, sagte Tuba: »Lass das laufen, bitte. Sezen Aksu tut mir gut.«

»Natürlich, sie ist ja auch Krebs, wie du«, sagte Suna. »Ihr sentimentalen Krebsfrauen, ihr.«

Während Suna sich durch den stetig zäher werdenden Verkehr hindurcharbeitete, warf sie im Rückspiegel einen Blick auf

Tuba, dann nickte sie mir zu, damit ich ebenfalls nach hinten schaute. Tubas blonde Haare lagen über den kleinen Koffer verteilt, den sie auf ihrem Schoß hatte, ihre Augen waren geschlossen. Sie schlief jedoch nicht, denn hin und wieder rann eine Träne über ihr Gesicht. Stumm verständigten Suna und ich uns darauf, sie in Frieden zu lassen, bis wir am Flughafen wären.

Das unglaubliche Gedränge in der Abflughalle wurde auch an der Passkontrolle nicht besser. Es schien, als wollten alle bloß noch raus aus diesem Land, in das ja auch keiner mehr einreiste. Als wir endlich hindurch waren, blieb nur noch wenig Zeit bis zum Boarding, und jede von uns verschwand in eine andere Richtung, um letzte Besorgungen zu machen. Ich kaufte Spirituosen, damit wir, in unserem Feriendomizil angekommen, nicht noch nach einem Supermarkt suchen mussten. Suna besorgte zwei Stangen ihrer superdünnen Zigaretten, wobei sie auch uns im Sinn hatte, denn wenn wir angeheitert waren, pflegten wir bei ihr zu schnorren. Tuba war vor dem Parfumregal hängen geblieben. Starr blickte sie auf das Sortiment, ohne dass sie es zu sehen schien. »Kauf dir lieber Schokolade«, sagte Suna. »Wir fahren in den Urlaub, da brauchst du ein Antidepressivum.«

Wann ist eine Liebe am Ende?

Wir waren schon lange nicht mehr zusammen im Urlaub gewesen. Verdammt lange. Und es war nicht etwa so, dass uns das keine Sorgen machte, zumindest mir machte es welche. Was, wenn die Stimmung nicht mehr die gleiche wäre? Beim letzten Mal waren wir alle noch ganz andere Menschen gewesen. Tuba war gerade mit Melih zusammengekommen, ich ahnte noch nicht, dass ich eine Nebenbuhlerin hatte, und Suna war verheiratet; nicht glücklich zwar, aber immerhin verheiratet.

Nun war es, als hätte ein Rollentausch stattgefunden. Suna, die sich inzwischen hatte scheiden lassen, war heute glücklich, wofür die damals überglückliche Tuba jetzt kurz davorstand, sich scheiden zu lassen, und entsprechend unglücklich war. Und ich? Ich glaube, ich war weder das eine noch das andere und hatte mich ansonsten nicht viel verändert. Ein Bekannter hatte mir mitgeteilt, dass mein Freund eine andere habe, und mein Freund, dass er nicht mich liebe, sondern eben die, von der ich gerade erfahren hatte. Danach war ich mal eben in eine Depression abgetaucht, hatte mich mit kurzen Affären getröstet, die ich für die große Liebe hielt, bevor ich schließlich einsah, dass ich dieses Gefühl nie wieder für einen Mann empfinden würde, und mich ganz meinen Freunden und dem Schreiben widmete. Ab und zu erinnerte ich mich an die Zeit zurück, in der ich glücklich verliebt gewesen war, und das meist im Traum. Ich spürte, als wäre es real, die Wärme eines Menschen, der neben mir lag und mich im Arm hielt, und das unvergleichliche Glück, schon beim Aufwachen angelächelt zu werden. Eine beständig ferner rückende Vorstellung, die schon bald nicht mehr mit bloßem Auge zu erkennen war. Die Vorstellung von einem Glück, von dem ich inzwischen selbst nicht mehr wusste, ob es überhaupt je existiert hatte.

»Türkischen oder französischen?« Diese Frage riss mich aus der Betrachtung der Wolken und brachte mich zurück in die Gegenwart. »Französischen«, sagte Suna zur Stewardess, die sich zu uns herabgebeugt hatte. »Für uns alle drei, bitte.« Und zu Tuba: »Jetzt nimm doch mal die Sonnenbrille ab. Du bist nicht Türkan Şoray. Außer uns ist es allen egal, ob du ein verweintes Gesicht hast.« Sie reichte ihr die von der Stewardess dagelassene Serviette, damit sie ihre Tränen trocknen konnte. »Ich sage ja nicht, dass du ihn vergessen sollst. Das kannst du nicht. Aber gewöhnen kannst du dich daran. Also nutze diesen Urlaub, um dich an dein neues Leben zu gewöhnen.« Womit sie ihren Becher erhob und sagte: »Auf dein neues Leben!«

Neuland

Als wir aus dem Flugzeug stiegen, waren wir längst reichlich angeheitert. Und fast zur Gänze wiederhergestellt war Tubas gute Laune, als sie am Flughafen einen kunterbunten Fruchtgummistand entdeckte. »Die habe ich als Kind das letzte Mal gegessen«, rechtfertigte sie sich, während sie ihre zweite Tüte vertilgte. Suna ging nach draußen, um eine Zigarette zu rauchen, und ich stellte mich am Gepäckband an.

Als Tuba ihre Fruchtgummis aufgegessen hatte, trafen wir uns alle am Stand der Autovermietung wieder. Der Wagen, den wir reserviert hatten, war nicht mehr zu haben. Ein bedauerlicher Fehler, teilte man uns mit, aber wenn wir wollten, bekämen wir ohne Aufschlag ein Auto der nächsthöheren Preisklasse. Als wir die Schlüssel in Empfang genommen hatten und durchs Parkhaus gingen, stellte Suna plötzlich fest: »Der Urlaub verspricht gut zu werden.« Und sie zeigte auf ein Auto, das etwas entfernt im Dunkeln stand und dennoch hell zu leuchten schien. Ein feuerroter Mustang! Wie die Kinder beim Anblick einer Kirmes rannten wir johlend auf ihn zu. Tuba und Suna setzten sich auf die Vordersitze. Mein Platz stand, da ich nicht fahren würde, ja ohnehin fest: die Rückbank.

Auf den unbekannten Straßen dieses unbekannten Landes bei jeder Gelegenheit falsch abbiegend, bewegten wir uns, von der geduldigen Stimme des Navigationsgeräts geleitet, langsam, aber sicher auf das Zentrum von Lissabon zu. Die Sonne stand hoch über unseren Köpfen, wir ließen bei offenem Verdeck unsere Haare flattern, spürten den Alkohol und träumten davon, wieder glücklich sein zu können, und sei es auch nur für ein paar Tage. Dazu hörten wir jetzt statt Tubas Musik die von Suna. Sie drehte den Lautstärkeknopf bis zum Anschlag, und wir sangen aus voller Kehle mit: »*Forever young, forever young …*«

Rita

Als wir das Haus betraten, lief im Hintergrund eine leise Opernarie. Das Dienstmädchen, das uns aufgemacht hatte, wies uns den Weg in den Salon, zu dem zwei Stufen hinabführten. Sie hieß uns in einem melodischen, akzentuierten Englisch willkommen und zog sich zurück. Wir hatten unsere Koffer im Eingangsbereich stehen gelassen und traten jetzt in den Raum, als ein Rascheln unsere Blicke auf eine in die obere Etage führende Treppe lenkte. Mit ausgebreiteten Armen und einem strahlenden Lächeln schritt uns Rita entgegen. Sie war etwa in meinem Alter, hatte sonnengebleichte Haare und trug ein weißes Trägerkleid, das sich von ihrer gebräunten Haut abhob und wirkte, als müsse es ihr jeden Moment über die schmalen Schultern rutschen. »*Hoş geldiniz*«, begrüßte sie uns, ging aber, noch bevor wir unserer Überraschung hätten Ausdruck verleihen können, zum Englischen über: »Das war's auch schon mit meinen Türkischkenntnissen.« Sie vollführte eine raumgreifende Geste, die sich wohl auf die Musik bezog, und sagte: »La Diva Turca. Die größte Türkin, die ich kenne.«

»Leyla Gencer«, erklärte Tuba, die Sunas verständnislosen Blick erhascht hatte. »La Scala«, fügte sie hinzu und begnügte sich schließlich, aufgrund der neuerlichen Fragezeichen in Sunas Gesicht, mit einem schlichten »Später«.

»Als ich erfahren habe, dass ihr Türkinnen seid, war für mich klar, dass ich euch gerne in meinem Haus beherbergen möchte. Was nicht so häufig vorkommt. Tatsächlich erst das zweite Mal.« Rita fiel auf, dass wir alle noch standen, und wies auf die große L-förmige Couch im Salon. »Oh, keine Sorge«, setzte sie beruhigend hinzu. »Ich selbst wohne auf der anderen Seite des

Pools. Solange ihr es nicht wünscht, bekommt ihr mich nicht zu Gesicht.« Nachdem wir uns niedergelassen hatten, erschien das Dienstmädchen wieder. »Was trinkt ihr?«, fragte Rita und orderte, da wir kein Wort über die Lippen brachten, einen »Mateus«. »Der beste Wein Portugals«, erklärte sie. »Günstig, aber sehr gut. So etwas findet man in Europa nur noch hierzulande.«

Während wir tranken, fiel mir ein schneeweißer Hund auf, der träge vor der Panoramascheibe lag und zum Pool hinaussah. »Romeo«, sagte Rita. »Er gehört meinem Sohn.« Sie nahm einen Schluck von ihrem Wein. »Filme, Bücher und Musik lehren den Menschen Zärtlichkeit. Genau wie die Tiere. Vor allem aber wie die letzten Sommertage. Wie ein abendlicher Regenschauer. Doch ihr hattet eine lange Reise«, sagte sie dann und erhob sich. »Heute Abend können wir im Garten etwas trinken, wenn ihr möchtet. Wir haben Freunde eingeladen.«

Während Ritas blondes Haar mit dem Licht der untergehenden Sonne verschmolz, nahmen wir alle noch einen großen Schluck aus unseren Gläsern. Wir wollten vergessen.

Vergessen

Jedes Ende kündigt sich an. Bloß übersieht man meist die Anzeichen. Lieber täuscht man sich noch ein Weilchen darüber hinweg. Dabei ist man der Zeit längst unterlegen, und der Verfall der gemeinsam errichteten Mauern ist bereits sichtbar.

Tuba ignorierte die Zeichen, auf die wir sie seit Langem hingewiesen hatten. Wusste sie von Melihs Beziehungen, die er inzwischen kaum noch verheimlichte, und verschloss sie die Augen davor? Oder glaubte sie, dass das alles nur Gerüchte seien und ihre Liebe und ihr Vertrauen ein festes Fundament hatten? Wir wussten es nicht. Aber je länger sie wartete, desto mehr zerrann ihr die gemeinsame Welt mit Melih zwischen den Fingern. Liebe jedoch bleibt nur bestehen, wenn es Hoffnung und Zukunftsträume für beide gibt, und eines Tages begriff auch sie, dass dies inzwischen unmöglich geworden war.

Suna und ich waren entschlossen, unsere Freundin nicht unter den Trümmern dieser Liebe verschmachten zu lassen. Zuerst löschten wir sämtliche Apps von ihrem Telefon, die es ihr ermöglichten, Melih zu sehen oder Nachrichten von ihm zu bekommen. Twitter, Instagram, Snapchat, sogar Facebook waren für uns alle tabu, zumindest für die Dauer unseres Urlaubs. Bloß WhatsApp war erlaubt, und das auch nur im absoluten Notfall. Suna vergaß nicht einmal, Melihs Nummer heimlich zu blocken, als Tuba gerade unter der Dusche stand.

Als es an meiner Tür klopfte, hatte ich mich bereits fertig gemacht. Die Einladung unserer Gastgeberin kam uns allen für den ersten Abend sehr gelegen. Nachdem wir uns etwas Mut angetrunken hätten, könnten wir uns in den unbekannten Straßen Lissabons getrost verlaufen.

Zum Pool wurden wir von Romeo begleitet, der still neben uns hertrottete. Durch eine Wolke von Blütenduft, der die warme Sommernacht erfüllte, gelangten wir an den Rand des Schwimmbeckens, wo Rita mit einer kleinen Gruppe von Leuten ins Gespräch vertieft war. Wir waren überrascht zu sehen, wie jung ihre Gäste waren. Die etwa fünfzigjährige Rita, umgeben von lauter jungen Frauen und Männern, die höchstens dreiundzwanzig oder vierundzwanzig waren. »Eine Konstellation ganz nach Melihs Geschmack«, sagte Tuba und verriet damit ein weiteres Mal, um welches Thema ihre Gedanken nach wie vor kreisten.

Die jungen Leute schienen jedoch weniger Ritas Freunde zu sein als vielmehr die ihres Sohnes, und was sie verband, war das Surfen. Das führte sie jeden Sommer wieder zusammen. Sie unterhielten sich auf Englisch miteinander, denn sie kamen alle aus verschiedenen Ländern. Im Verlauf der Gespräche erfuhren wir Wissenswertes über Lissabon, die Restaurants und das Nachtleben. Tatsächlich sollte es heute Abend in Lissabons angesagtestem Club eine Party geben, ob wir nicht alle zusammen dorthin gehen wollten? Kurios nur, dass der, der all diese Menschen, uns eingeschlossen, zusammengeführt hatte, selbst durch Abwesenheit glänzte. Suna fragte Rita in ihrer kindlich-naiven Art, ob ihr Sohn denn nicht mitkommen wolle. »Der schläft«, sagte Rita mit einem sanften, wissenden Lächeln. Dann warf sie einen Blick auf die Uhr, erhob sich und sagte: »Zeit, auszuschwärmen in die Nacht.« Auf dieses Zeichen schienen alle nur gewartet zu haben; rasch tranken wir unsere Gläser aus und machten uns gemeinsam auf den Weg zum »Lux«, Lissabons schillerndstem Nachtclub.

Die Nacht

Ohne Lissabon bei Tageslicht schon richtig gesehen zu haben, stürzten wir uns nun also mitten hinein in sein Nachtleben, allerdings offenbar in genau der richtigen Begleitung. Das wurde uns klar, als wir an der Tür des Nachtclubs ankamen. Vor dem großen weißen Gebäude, das direkt am Meer gelegen war, hatte sich eine lange Schlange gebildet. Einer Katze gleich, stolze Herrin ihres Stadtviertels, steuerte Rita mit ebenso raschen wie zielstrebigen Schritten nach rechts auf den mit einer dicken roten Samtkordel abgetrennten VIP-Eingang zu, und wir folgten ihr. Der stämmige Türsteher mit seinem kahl rasierten Schädel hatte, noch bevor wir bei ihm angelangt waren, die Absperrung bereits geöffnet und eine ehrerbietige Haltung angenommen.

»Was trinkt ihr?«, fragte Suna unsere Begleiter. Sie wollte sich dafür erkenntlich zeigen, dass wir so mir nichts, dir nichts einfach in den schicksten Club der Stadt hatten hineinspazieren dürfen. Während Suna, Tuba und ich der Bar im Eingangsbereich zustrebten, um die gewünschten Getränke zu holen, kam es mir für einen Augenblick so vor, als hätte ich auf der Treppe, die hinab in jenen abgedunkelten Teil des Clubs führte, in dem die härtere Musik lief, ein bekanntes Gesicht gesehen. Doch als ich mich noch einmal umschaute, konnte ich niemanden mehr entdecken. »Vor zwei Uhr darf da noch keiner runter«, teilte mir der Barkeeper, der meinen Blick registriert hatte, mit. »Aber bis dahin ist es auch draußen sehr schön.« Er wies hinter sich auf eine ausgedehnte Terrasse, die sich direkt in den Ozean hinein erstreckte. Dann fiel ihm auf, dass wir zu viele Getränke bestellt hatten, um sie alle tragen zu können, und er kam hinter der Bar hervor, um uns behilflich zu sein.

Als wir auf der Terrasse saßen, unsere ersten Gläser geleert hatten und Ritas Sohn noch immer nicht erschienen war, stand mein Bild von ihm fest. Bloß ein Exzentriker ließ seine Freunde mit seiner Mutter in einen Club gehen, während er selbst sich schlafen legte. »Kommt ihr Sohn denn gar nicht, oder was?«, flüsterte Suna uns in diesem Moment verstohlen zu, so als gäbe es außer uns noch jemanden, der Türkisch verstand, und ich merkte, dass ich mit derlei Gedanken wohl nicht alleine war.

»Sezen Aksu soll es ja manchmal genauso machen. Freunde einladen und sich dann auf ihr Zimmer zurückziehen«, sagte Tuba, als sie mitbekam, worum es ging. Sonst schien sich für das Thema niemand zu interessieren. »Der ist wohl auch so ein Typ«, fügte Tuba hinzu. »Der sollte sich in seiner Jugend besser austoben«, sagte Suna, »damit er später nicht die Krise kriegt.« Sie sagte zwar nicht »so wie Melih«, aber Tuba und ich hatten diesen impliziten Satzteil durchaus verstanden.

Kurz vor zwei Uhr machten wir uns auf den Weg nach unten. Das Untergeschoss, das zunächst stockdunkel gewirkt hatte, entpuppte sich als ein großer, in rotes Licht getauchter Saal. Während wir uns an die Umgebung zu gewöhnen versuchten, wurden wir von unseren neuen Bekannten mit Getränken von der Bar versorgt. Dann lehnte sich einer von ihnen mit dem Rücken an eine der Säulen, bei denen wir standen, griff verstohlen in seine Tasche und drückte jedem etwas in die Hand. »Alien«, sagte er, als er unsere fragenden Gesichter sah. Er gab uns je eine grüne Pille, die wie der Kopf eines Außerirdischen geformt war. So etwas hatten wir seit Jahren nicht mehr gemacht. »Na ja, wir wollten ja vergessen«, sagte Tuba und war die Erste, die sich das Ding einwarf. Suna, die mich zögern sah, schob mir unversehens ihre eigene Pille in den Mund und kippte einen Schwall ihres Getränks hinterher. Ehe ich begreifen konnte, wie mir geschah, hatte sie mir dafür meine Pille weggenommen und hinuntergeschluckt. Nahezu augenblicklich breitete sich ein erregendes Gefühl in uns aus, dessen Folgen nicht abzusehen waren.

Erinnerung

War es ein Traum? Oder war es die Wirkung der Alien-Pille? Jetzt war ich mir sicher, dass er es war, den ich zuvor auf der Treppe gesehen hatte. Vom roten Stroboskoplicht umzuckt, sah ich erneut sein Gesicht. Unter all den Menschen hatte ich nur noch Augen für ihn. Auch wenn ich mich später nicht mehr an den genauen Verlauf des restlichen Abends erinnern konnte, wusste ich doch, dass ich ihm gefolgt war, dass ich ihn noch einmal verloren und dann wiederentdeckt hatte. Und auch, dass er mich angelächelt hatte, bevor er gegangen war. Wie und wann wir nach Hause gekommen waren, wusste ich dagegen nicht mehr. Nur Bilder von ihm schwirrten mir noch im Kopf herum, als ich in meinem Zimmer im zweiten Stock dieses unbekannten Hauses in dieser noch immer unbekannten Stadt in einen unruhigen Schlaf fiel.

Der Traum

»Mein Opa war nicht gerade ein redseliger Mann«, sagte ich zu Suna und nippte an meinem Kaffee. »Dann hat er im Traum also auch nicht mit dir gesprochen?«, fragte sie. Tuba war noch nicht aufgewacht. Wir flüsterten.

»Es war gegen Ende des Sommers«, sagte ich. »Aber noch warm. Genau wie jetzt. Wir schauten auf einem Schwarz-Weiß-Fernseher die Abendnachrichten, Opa und ich. Nebenan in der Küche deckte Oma den Tisch, fast lautlos. Nur ab und zu war ein leises Klirren zu hören, wenn ein Porzellanteller an den anderen stieß.

Es war ein öder Sommer gewesen. Meine Mutter hatte meine Schwester und mich bei ihren Eltern abgeliefert und war für einen Kurs, der bis zum Ende der Ferien dauern sollte, nach Ankara gefahren. Obwohl die Erwachsenen darauf bedacht waren, dass wir ihre Gespräche nicht belauschten, bekamen wir doch mit, dass unsere Mutter diesmal entschlossen war, sich endgültig von unserem Vater zu trennen.

Nach ihrem Kurs, gegen Ende September, wollte sie uns wieder abholen, und ich zählte jeden einzelnen Tag, denn ich hatte Heimweh.

›Mistkerl!‹, schimpfte Opa in Richtung Fernseher. ›Du sollst doch vor dem Kind nicht fluchen‹, ließ Oma sich von nebenan vernehmen. ›Du wirst einmal studieren und ein ganz Großer werden‹, sagte Opa zu mir, indem er mir sanft über die Haare strich. ›Wie der schwarze Junge.‹ Doch er klang traurig und machte ein betrübtes Gesicht.«

»Was für ein schwarzer Junge?«, unterbrach mich Suna.

»Ecevit«, sagte ich. »Bülent Ecevit. Seine Anhänger nannten ihn den ›schwarzen Jungen‹.«

»Opa rief zu Oma hinüber: ›Der hatte doch noch nie was Gutes zu vermelden!‹, und zeigte mit dem Finger auf den Nachrichtensprecher. ›Dafür kann er nichts. Der liest nur vor, was man ihm gibt‹, meinte Oma, die schon wusste, um wen es ging, obwohl sie ihn nicht sah. Wie alle langjährigen Paare hatten auch sie eine Art sechsten Sinn dafür, was der andere gerade dachte oder tat.

Als Oma uns zum Essen rief, setzten wir uns zu Tisch. Meine Schwester war bei der Familie unseres Onkels und wollte dort übernachten. ›Den Ecevit sägen sie auch noch ab‹, sagte Opa leise. ›Ach ja‹, seufzte Oma und schüttelte den Kopf. Opa strich mir wieder über die Haare. Danach wurde während des Essens kein Wort mehr gewechselt. Ich war erst elf Jahre alt, aber ich träume noch immer von diesem einen Sommer.«

Der Sommer

Je länger ich Suna von jenem Sommer und der Kleinstadt erzählte, desto mehr kam von dem, was sich seither in meinem Gedächtnis verborgen gehalten hatte, ans Tageslicht und sagte: »Erinnere dich.«

Es war eine kleine Stadt. Und wie in allen kleinen Städten kannte und überwachte jeder jeden. Ich war überzeugt davon, dass es draußen langweilig sei, beobachtete bloß ab und zu aus einem Fenster im Erdgeschoss die Straße und verbrachte ansonsten den ganzen Sommer damit, in einem kühlen Zimmer im ersten Stock meine mitgebrachten Bücher zu lesen oder mir Schwarz-Weiß-Kindersendungen auf dem einzigen Fernsehkanal anzusehen.

Es war schon Mitte Juli. Ich hatte immer noch keinerlei Freunde. Aber ich beklagte mich nicht. Die Geschichten, die Oma von früher erzählte, waren sowieso viel interessanter, als Zeit mit Gleichaltrigen zu verbringen.

»Da kommen die Deutschländer«, sagte sie eines Tages, als wir zu zweit am Fenster saßen und Melone aßen.

Ich schaute hinaus und sah zwei oder drei Frauen im Alter meiner Mutter, umringt von einer Schar Kinder, die alle größer waren als ich. »Willkommen«, rief Oma ihnen zu, als sie nah genug herangekommen waren. »Danke dir, Hatice Abla«, winkte Aysel, die dicke Frau in der Mitte, zurück. An ihrem Handgelenk funkelten goldene Armreifen in der Sonne. Da sah ich ihn. Vom Glanz der Armbänder umstrahlt, mit sonnengebräunter Haut, schaute er mir, groß und schlank, aus dunklen Augen direkt ins Gesicht.

Schon wieder

Als Tuba in einem weißen Gazehemd über ihrem gelben Bikini auf uns zukam und sich das Wasser aus den Augen strich, saßen Suna und ich einander schweigend gegenüber, jede in sich selbst versunken. »Ist was passiert?«, fragte sie, als sie uns sah. »Ohne mein Handy, das ihr mir ja abgenommen habt, könnte die ganze Welt untergehen und ich hätte keine Ahnung davon.«

Suna fuhr auf und begann, Tuba die Haare zu streicheln, sie an die Nase zu stupsen und ihren Bauch zu kraulen, als sei sie ein verwöhntes Hündlein, das von einem Streifzug durch den Park zurückgekehrt ist. Danach schloss sie Tuba fest in die Arme und überhäufte sie mit Küssen. »Was soll passiert sein, mein Schatz? Du kennst uns doch: Manchmal genießen wir bloß die Stille.«

»Und in der Welt hat sich auch nichts verändert«, fügte ich ergänzend hinzu. »Wobei ich nicht sicher bin, ob das eine gute oder eine schlechte Nachricht ist.«

»Erzähl du doch lieber mal von gestern Abend«, sagte Suna mit weit aufgerissenen, glänzenden Augen. »Wie hieß er noch gleich?«

»Luka«, sagte Tuba knapp.

»Jetzt tu nicht so verschämt«, schaltete ich mich ein. »Gestern habt ihr euch ja richtiggehend abgeschleckt.«

Ich wollte Tuba gerne bei ihren Vergessensbemühungen unterstützen, aber weil ich mir ihres Potenzials, sich schlagartig über beide Ohren zu verlieben, durchaus bewusst war, hatte ich andererseits auch Angst, ihr könnte schon wieder das Herz gebrochen werden. Doch ein Abenteuer während dieses Urlaubs, der ohnehin nur ein paar Tage dauerte, könnte ihr vielleicht auch helfen, auf andere Gedanken zu kommen.

Luka

»Er ist seit Kindertagen der engste Freund von Ritas Sohn«, begann Tuba zu erzählen. In der Schule hätten sie nebeneinander gesessen, später seien sie gemeinsam schwimmen gegangen, hätten zusammen ihre erste heimliche Zigarette geraucht, seien in Sommernächten durchs offene Fenster ausgebüxt, hätten die Verwirrung des ersten Kusses und den Schmerz der ersten Trennung geteilt und Seite an Seite die erste Straßenschlägerei überstanden.

»Wenn wir Ritas Sohn nur endlich mal kennenlernen würden«, sagte Suna. »Wir wissen nicht mal, wie er heißt, wohingegen seine Freunde schon unsere besten Kumpels sind.«

»Burak«, sagte Tuba. Suna und ich guckten sie verständnislos an. »Wer ist Burak?«, schienen unsere Blicke zu fragen. »Burak«, wiederholte Tuba. »Ritas Sohn heißt Burak.«

Burak

Als Mädchen hatte Rita jede Sommerferien in einem anderen Land verbracht, an abgeschiedenen Orten, die noch nicht von Touristen überlaufen waren, zusammen mit ihren Eltern und ihrem kleinen Bruder. Ein Hippiepärchen mit seinen Kindern. So hatte auch ihr Urlaub in Alaçatı begonnen, als es außer von der einheimischen Bevölkerung noch von keinem entdeckt worden war und Hochglanzzeitschriften es noch nicht zum »Pflichtprogramm« erklärt hatten. »Es sollte der letzte gemeinsame Familienurlaub sein«, sagte Tuba, indem sie einen weiteren Schwall Zigarettenrauch in die Luft blies.

Die sechzehnjährige Rita verliebte sich nicht bloß in den doppelt so alten Yurt, bei dem sie das Surfen lernte, sondern wurde auch schwanger von ihm. »Burak«, sagten Suna und ich wie aus einem Mund. »Burak«, bestätigte Tuba.

Als Rita, die bei der Abreise ihrer Eltern in der Türkei geblieben war, fernab ihrer Familie und ihrer Sprache die Krise bekam, siedelte Yurt mit ihr im letzten Monat ihrer Schwangerschaft nach Portugal über. Er gehörte ohnehin einer Izmirer Oberschicht an, die im Grunde nicht zu arbeiten brauchte und ihr Leben im Sommer mit Surfen und im Winter mit Skifahren verbrachte. Seinen heranwachsenden Sohn verwöhnte er nach Strich und Faden. »Als Gymnasiast bekam er ein Motorrad und dann, sobald er an der Uni war, ein Auto, aber was für eins: Jahr für Jahr ein neues Modell, und nur vom Feinsten«, hatte Luka berichtet. »Aber dann …«

Ein Klackern an der Fensterfront zum Garten ließ uns zusammenfahren und riss uns jäh aus der mit Spannung verfolgten Erzählung. Rita stand da, pochte mit den Fingernägeln, die wie

Perlmutt schimmerten, an die Scheibe, und lud uns an den Frühstückstisch ein, den sie im Garten für uns hatte decken lassen.

Das Leid dieser Welt

Wir sprachen nicht viel, waren aber alle von einer stillen Zufriedenheit erfüllt, zu der sicher auch die laue Brise beitrug. Während Rita uns auseinandersetzte, woher die verschiedenen Käsesorten kamen und welche Trauben besonders süß und welche kernlos seien, flocht sie auch immer ihre eigenen Geschichten mit ein. Als sie gerade von den Tomaten zu schwärmen begann, die aus dem Garten ihrer Großmutter stammten, dachte ich an die Zeit zurück, die ich als Kind allein mit meiner Oma verbracht hatte. Damals hatte ich es mir angewöhnt, nicht viel zu reden und zu erzählen, sondern schöne Erinnerungen und glückliche Momente, die mir zuteilgeworden waren, in Schubladen meines Inneren aufzubewahren. Diese Schubladen sollten mir während langer Phasen meines restlichen Lebens noch oftmals helfen, mich über Wasser zu halten, was ich zu dem Zeitpunkt freilich nicht einmal ahnte.

Obwohl Rita eine überbordende Lebensfreude zur Schau trug, spürte ich doch, dass sie keiner inneren Zufriedenheit entsprang, wie es etwa bei Tuba der Fall war. Da war dieser Schleier, der ihre Augen verhüllte, sobald sie in Schweigen verfiel, Blicke, die während der angeregtesten Unterhaltung plötzlich in die Ferne schweiften, und Sätze, die sie zwar aussprach, ohne aber etwas Bedeutsames mit ihnen zu sagen. Es war, als sickere aus ihrer Seele eine Traurigkeit, die sie vor einem zu verbergen suchte.

»Du bist wohl mal wieder ins Leid dieser Welt versunken, Dunya«, sagte Tuba und streichelte meine Haare. Während ich mich zurück an die Oberfläche kämpfte, fing im Inneren des Hauses Sunas Telefon mit seiner unverwechselbaren Melodie zu klingeln an. Da es wie immer auf höchste Lautstärke eingestellt war, vernahmen wir den bekannten Refrain wieder und wieder. *Forever Young*. Erst als Suna begriff, dass der oder die Anrufende offenbar nicht so schnell Ruhe geben wollte, ging sie widerstrebend hinein. Aber statt den Anruf entgegenzunehmen, stellte sie das Telefon lautlos und blickte mich durch die Glastür hinweg verwirrt an. Als sie wieder saß, sagte sie: »Ojemine, die Kollegen, ich bin doch im Urlaub.« Unter dem Tisch jedoch stieß sie mich an und zeigte mir das Display. Drei entgangene Anrufe. Melih. In diesem Augenblick wurde eine neue Nachricht angezeigt. Nachdem Suna sie stillschweigend aufgemacht und gelesen hatte, hielt sie mir das Display plötzlich demonstrativ vors Gesicht. Von einem Bedürfnis nach Heimlichtuerei war nichts mehr zu spüren.

Melih

Als ich die Nachricht ebenfalls gelesen hatte, war ich trotzdem nicht viel schlauer als zuvor. Sie kam von Melih. »Suna, ich weiß, du denkst, ich rufe wegen Tuba an, aber es hat mit ihr nichts zu tun. Ich habe es zuerst bei Dunya versucht, aber ihr Handy ist aus. Sag ihr bitte, dass sie mich dringend anrufen soll, aber von deinem Telefon, ihres soll sie bitte ausgeschaltet lassen, teile ihr das so mit. Ich wiederhole: Mit Tuba hat das nichts zu tun.«

Nachrichten

Nachdem ich mit Melih gesprochen hatte und zurück zu den anderen kam, wusste ich nicht recht, was ich sagen sollte. Einfach übergehen konnte ich es ja ohnehin nicht, egal, wie sehr ich auch versuchen mochte, mich zusammenzureißen. Also wandte ich mich den fragenden Gesichtern zu und platzte auf Türkisch heraus: »Die haben meine Wohnung durchsucht.« Tuba und Suna wussten sofort, was Sache war. »Oje«, sagte Tuba bloß. »Wir müssen kurz weg, erklärt wird später«, vertröstete Suna die völlig perplexe Rita, ehe meine beiden Freundinnen mich hinter sich her ins Haus zogen.

Schubladen

Kaum drinnen angekommen, klappte ich sogleich meinen Laptop auf, der auf dem Tisch gestanden hatte.

»Und, ist es noch da?«, fragte Tuba besorgt. Ich drehte den Bildschirm zu ihr hin und zeigte ihr das geöffnete Dossier. Suna, der die Erleichterung, die sich auf unseren Gesichtern abzeichnete, nicht entgangen war, trat näher hinzu, beugte sich über den Bildschirm und fragte: »Kann ich's jetzt auch endlich mal lesen?« Während ich mit Tuba besprach, wie wir nun weiter vorgehen wollten, vertiefte Suna sich in jenes Dossier, an dem wir so lange gearbeitet und von dem wir uns je eine Sicherungskopie gemacht hatten, für den Fall, dass die Originaldokumente bei mir zu Hause verloren gehen sollten.

Syrische Grenzregion – Sonderbericht

Vertrauliche Informationen, die uns Ende Dezember letzten Jahres von vertrauenswürdiger staatlicher Quelle zugespielt worden sind, haben uns an die türkisch-syrische Grenze geführt. Die anhaltenden Gefechte in Syrien zwischen unterschiedlichen Gruppen hatten sich zusehends zu einem Bürgerkrieg entwickelt, und die Türkei, die während ihrer gesamten Republikgeschichte eine Politik guter Beziehungen zu ihren Nachbarn betrieben hatte, nahm in diesem Konflikt erstmals einen Richtungswechsel vor, indem sie sich gegen die dortige Führung stellte. Von verschiedenen Quellen wird behauptet, die Türkei beschränke sich dabei nicht allein auf eine regimekritische Rhetorik, sondern unterstütze auch dschihadistische Truppen innerhalb Syriens, was die Türkei freilich abstreitet und wofür die angegebenen Quellen auch keine Beweise liefern konnten. Bislang jedenfalls. Das vorliegende Dossier enthält nun umfassende Belege dafür, dass die türkische Regierung in den syrischen Bürgerkrieg insofern involviert ist, als sie dschihadistische Einheiten nicht nur ideell und moralisch, sondern auch konkret mit Waffen der türkischen Armee unterstützt.

Ein neues Leben

Als Suna das Dossier zu Ende gelesen hatte, erhob sie sich mit einem tiefen Seufzer von ihrem Stuhl und ging zu dem Beistelltisch hinüber, auf dem eine Reihe von Spirituosen standen. »Whisky oder Wodka?«, fragte sie, indem sie die jeweilige Flasche schwenkte. »Nur mit Wein bekommen wir das jedenfalls nicht geregelt«, sagte sie dann, und ohne eine Antwort abzuwarten, schenkte sie uns allen Whisky ein. Sie gesellte sich mit den Gläsern wieder zu uns. Während wir schweigend aus dem Fenster sahen, erschien Rita, mit Romeo an ihrer Seite. Tuba gab ihr ein Zeichen hereinzukommen, und Romeo blieb allein im Garten zurück.

Nachdem wir ihr erzählt hatten, was passiert war, mochte sie es kaum glauben. »Ja, das ist die ›Neue Türkei‹«, sagte Tuba. »So nennen sie das Regime, das sie installiert haben.«

»Alle Diktatoren scheinen zu glauben, man würde ihre Diktatur nicht als solche erkennen, wenn sie ihr nur einen hübschen Namen geben«, sagte Rita. Portugal hätte die gleiche Phase durchlaufen, Salazar hätte seine Diktatur *»Estado Novo«* genannt. Faschistisch, reaktionär, repressiv. Aber eben auch *novo*.

Den Artikel, den wir gemeinsam verfasst hatten, konnten wir nun nicht mehr veröffentlichen, denn jetzt hatten sie Zugriff auf die in dem Dossier enthaltenen Dokumente, konnten sie nach Lust und Laune zerpflücken, die Versatzstücke in den Regierungsmedien publizieren und uns als Landesverräter brandmarken. So wie sie es mit Hunderten inhaftierter Journalisten schon getan hatten. Zögen wir dagegen vor Gericht, brächten wir sogar unsere Anwälte in Gefahr. Denn entweder kämen sie auch ins Gefängnis, oder man würde sie ihrerseits verklagen, um sie an der Ausübung ihrer Tätigkeit zu hindern.

»Was werdet ihr also tun?«, fragte Rita. »Dunya hat es noch relativ leicht«, sagte Tuba. »Sie hat einen deutschen Pass und kann nach Berlin. Die Agentur, für die sie früher mal tätig war, hat da ihre Zentrale. In der Türkei kriegen wir jetzt jedenfalls keinen Job mehr.« Sie schien sich vor allem Sorgen um sich selbst zu machen. »Bleib du doch eine Weile hier«, bot Rita ihr an. »Schau, das Haus steht leer, du kannst deine freie Zeit genießen, und wenn du arbeiten willst, hast du Platz genug.« Sie machte eine einladende Geste, als lege sie Tuba nicht nur den Garten, das Haus, den Pool und den blauen Himmel, sondern gleich ganz Portugal zu Füßen. »Und Luka ist ja auch noch da«, dachte ich. Aber ich hatte es wohl laut gedacht. Suna kicherte plötzlich, und Rita schien zu erschauern.

Berlin, Oktober 2016

Als ich aus der Agentur kam, empfing mich Regenwetter. Ich war mit dem Fahrrad zur Arbeit gefahren, ohne die Vorhersage zu beachten. Ich ließ das Rad dort, wo ich es angeschlossen hatte, und rannte zur U-Bahn-Station Rosenthaler Platz. In dem klammen, überfüllten Waggon war es seltsam farblos und still. Jeder schien peinlich darauf bedacht, keinem anderen in die Augen zu schauen. Der Winter naht, dachte ich. Früh hereinbrechende Dunkelheit, grauer Himmel, fahl erleuchtete, verlassene Straßen. Nicht einmal die Katze würde ich zu Gesicht bekommen. Bei freundlichem Wetter nämlich machte es sich die Katze meiner Nachbarin, einer alten Polin, die in der Etage unter mir wohnte, oft auf dem Sims meines Küchenfensters bequem, um sich zu sonnen.

Als ich in meiner Wohnung war, entkorkte ich die Flasche Rotwein, die ich am Tag zuvor angefangen hatte, und roch daran, um mich zu vergewissern, dass er nicht inzwischen umgekippt war. Der Geruch schien unverändert, also setzte ich die Flasche an die Lippen und probierte einen Schluck. Trinkbar. Für alle Fälle tat ich ein wenig von dem guten Katzenfutter unter der Spüle auf eine Untertasse und stellte sie nach draußen vors Küchenfenster. Vielleicht schien morgen früh ja wieder die Sonne.

Den Wein in der Hand, ließ ich mich mit meinem Laptop im Sessel nieder, öffnete ein sicheres Browserfenster und loggte mich in meinen geheimen E-Mail-Account ein. Bevor wir aus Lissabon abgereist waren, hatten Tuba und ich auf Melihs Anraten hin alle unsere Social-Media-Konten gelöscht und uns neue E-Mail-Adressen zugelegt, die sonst niemand kannte.

Inzwischen las man davon, dass Regimegegner, in welchem Land auch immer sie sich gerade befanden, verfolgt und in Privatmaschinen in die Türkei verschleppt würden. Außer einigen wenigen Personen, in die wir besonderes Vertrauen setzten, durfte daher keiner wissen, wo wir waren und was wir taten.

Nach der Razzia in meinem Haus hatte die Staatsanwaltschaft alle Dateien und »Indizien« zur Auswertung beschlagnahmt. »Vermutlich klagen sie euch wegen Landesverrats an«, hatte Melih gesagt. Alle bisherigen Gerichtsverfahren legten dies nahe.

Während ich einen weiteren Schluck Wein trank, landete eine E-Mail von Tuba in meinem Posteingang.

Meine liebe Dunya,

wäre ich doch nur bei dir, dann würden wir, jede ein Glas Wein in der Hand, unsere Füße gemeinsam unter eine Decke stecken, denn bestimmt ist es kalt bei euch, und ich könnte dir beim Erzählen in die Augen schauen. Ich könnte zwischendurch deine Hand halten, du würdest nichts sagen, aber ich würde dich auch nicht dazu drängen, ja, die Umstände haben mich reifen lassen, ich akzeptiere dich so, wie du bist, und werde nie wieder versuchen, dich zu ändern. :-)

Ich weiß nicht, wie Luka so plötzlich in mein Leben treten und ich mich sofort in ihn verlieben konnte und wie viele Tage oder gar Wochen seither vergangen sind. Aber du kennst mich, bei mir geht das Knall auf Fall und es dauert lange, bis ich wieder loslasse. Rita hat das Haus, in dem ich mit euch gewohnt habe, inzwischen offiziell an uns vermietet. Ja, an uns. Seit du fort bist, bin ich nicht einmal »ich« geworden. Morgen bringt Luka seine persönlichen Sachen her, Klamotten, ein paar Bücher und LPs und so, ansonsten ist ja, wie du weißt, alles im Übermaß vorhanden. Und nächste Woche gehen wir mit seiner

Familie essen. Wenn du hier wärest, würdest du mich natürlich ordentlich durchschütteln, damit ich wieder zur Vernunft komme, du würdest sagen: »Geh es diesmal ruhiger an, stürz dich nicht Hals über Kopf hinein.« Und ich würde Versprechungen machen und sie nicht halten, denn wenigstens habe ich inzwischen gelernt, auch mich selbst so zu akzeptieren, wie ich bin. Eigentlich habe ich das Luka zu verdanken; ich scheine nämlich mit allem, was ich bin, wohl doch ein liebenswerter Mensch zu sein, und das habe ich in meinem fortgeschrittenen Alter ausgerechnet von einem gelernt, der fünfzehn Jahre jünger ist.

Ich liebe und vermisse dich so sehr. Meine Zuneigung zu dir hat mit der Entfernung nicht etwa abgenommen, und sollte es bei dir anders sein, dann kannst du was erleben. Ich spüre, es dauert nicht mehr lange, bis alles vorbei ist und wir uns wieder – teils freudig, teils betrübt – in den Armen liegen.

Deine Freundin, deine Schwester, deine Vertraute
Tuba

Ein Lächeln hatte sich über mein Gesicht gelegt, und während ich den Laptop zuklappte, erinnerte ich mich an Lissabon, an die Sonne, an Romeo, wie er mir einen Stock zu Füßen legte und mit mir spielen wollte, an Rita, die das Meer am Körper trug. Und an Ritas Geheimnisse …

Ritas Geheimnisse

Am Abend vor unserer Abreise aus Lissabon lud Rita uns zu sich nach Hause ein. Sie wolle für uns kochen. Ein Meeresfrüchteragout, das ihre Mutter ihr beigebracht habe. Sie bekomme es zwar partout nicht so gut hin wie diese, aber es sei dennoch sehr lecker. Während wir es aßen und dazu eine klare Suppe, die mit viel Aufwand zubereitet worden war und keinem Gericht ähnelte, das wir je gekostet hatten, begann Rita, ohne recht zu wissen, wo sie anfangen sollte, eine Geschichte zu erzählen.

Nachdem sie uns umständlich dargelegt hatte, dass ihr Faible für die Türkei sich keineswegs bloß auf Leyla Gencer beschränke und sie in ihrer Jugend sogar eine Reise in die Türkei unternommen habe, waren schließlich ihre Ehe (von der wir bereits wussten, ohne uns dies freilich anmerken zu lassen) und ihr Sohn an der Reihe. »Ich weiß nicht mehr, ob ich besonders glücklich war«, sagte sie, »aber es war eine Zeit, die mitunter weder dem Augenblick noch mir gehörte, wie in einem anderen Leben, so wie Menschen es beschreiben, die an eine Wiedergeburt glauben, von der ich aber dennoch sicher bin, sie erlebt zu haben.« Yurt habe, wie um nicht darüber nachdenken zu müssen, das Leben immer mehr beschleunigt: Partys, Einladungen, Reisen – und Menschen, Menschen, Menschen. Sie habe sich zunehmend in einem endlosen Strudel gewähnt und sei dennoch immer darum bemüht gewesen, Schritt zu halten. »Es war, als würde ich ins Straucheln kommen, wenn ich zu plötzlich anhielte, so, wie es ist, wenn man von einer Schaukel springt«, erzählte sie.

Das Essen war beendet. Wir erhoben uns, um uns mit unseren Getränken zu der Sitzgruppe im Salon zu begeben. Aber Rita deutete stattdessen in Richtung Obergeschoss. Es gäbe dort jemanden, mit dem sie uns bekannt machen wolle. So stiegen wir also die Treppe hoch, Rita voraus, wir hinterdrein.

Wir waren zum ersten Mal im oberen Stockwerk des Hauses. Entlang eines weitläufigen Korridors reihten sich mehrere große Türen. Wir gingen schweigend bis zur hintersten Tür. Rita drückte sie sachte, behutsam, fast ehrerbietig auf, wie eine Schamanin, die dem Baum, aus dessen Holz die Tür gefertigt war, Respekt erweisen wollte.

In dem Raum war es dämmrig und kühl. Im Hintergrund brannte auf einem Beistelltisch eine gelbe Lampe, die schemenhaft ein danebenstehendes Bett erhellte. Gemessenen Schrittes gingen wir darauf zu. Darin schlief ein junger Mann, den Kopf auf weiße Kissen gebettet. Kabel, die von seinem Arm und anderen Stellen seines Körpers hingen, waren mit Maschinen um ihn herum verbunden. Sein Anblick war eher mitleiderregend als erschreckend. Schwarze Haare umrahmten ein schneeweißes Gesicht. Ein Schlauch ragte zwischen seinen schmalen, farblosen Lippen hervor, und der Schatten eines Kabels fiel auf die scharf hervortretenden Wangenknochen in seinem ausgezehrten Gesicht. Einen so jungen und schönen Menschen in einem solchen Zustand zu sehen, als wäre er ein Gefangener! Rita beugte sich zu ihm hinab und küsste ihn auf die Stirn. Dann strich sie ihm die Haare zurecht und streichelte seinen Kopf. Mit einem Lächeln, so echt, wie ich es bis dahin noch nicht an ihr gesehen hatte, weil sie es vielleicht vor langer Zeit verloren, aber hier und jetzt wiedergefunden hatte, drehte sie sich zu uns um. »Es war mir wichtig, dass ihr ihn noch kennenlernt, bevor ihr geht. Das ist Burak.«

Berlin, Oktober 2016

Als ich mich wieder an den Computer setzte, war Mitternacht verstrichen, die knarzenden Schritte im Stockwerk über mir waren verstummt, und das Geräusch der gelben Tram, die alle halbe Stunde durch die nun fast menschenleere Straße fuhr, war weit deutlicher. Um mich an Istanbul zu erinnern, wohin ich auf absehbare Zeit nicht mehr würde zurückkehren können, legte ich den Walzer von Evgeny Grinko auf. Er hatte ihn eines späten Abends in einem Nachtclub in Beyoğlu gespielt, am Klavier, eine Zigarette zwischen den Fingern. Dort hatte ich auch ihn kennengelernt. Während das Stück gedämpft im Hintergrund lief, öffnete ich den Ordner mit dem Dossier, das ich noch fertigstellen wollte.

Heimat

Als Kind hatte ich noch kein Interesse an den Wurzeln meiner Familie oder an den individuellen Schicksalen ihrer Mitglieder. Die Geschichten, die die Alten hier und da erzählten, kamen mir damals eher wie Märchen vor. Vielleicht beschönigten sie ja die Vergangenheit, damit ein Kind sie besser verstehen oder sie selbst in einem fremden Land und auf fremdem Boden überleben konnten.

Es waren Wurzeln, die man sämtlich in die Türkei verpflanzt hatte. Im Familienstammbaum gehörten meine Eltern zu der ersten Generation, die in der Türkei geboren wurde. Wenn sich nach Jahren dein eigenes Leben in dieselbe Richtung entwickelt, verstehst du erst, welche Belastung es bedeutet, all deine Erfahrungen hinter dir zu lassen und einen neuen Anfang zu wagen.

Diese fragilen Seelen, die nicht nur mit meiner persönlichen Geschichte in Zusammenhang stehen, haben mitgewebt am demografischen Atlas der Türkei. Sie haben ihre unendlich ferne, weil nicht wieder zu betretende Heimat dort, wohin sie sich auf den Weg gemacht hatten, Stein für Stein wiederaufgebaut, so wie man ein Haus neu errichtet. Mit jedem Essen, das sie kochten, verbreitete sich der Geruch der Heimat, denn Geruch heißt Erinnerung, und die Gerüche der Kindheit vergisst du dein Lebtag nicht. Jedes Mal, wenn sie den Tisch abdeckten, säuselten sie ihren Kindern, die diese Heimat nie gekannt hatten, ihre Lieder ins Ohr. Jedem Alphabet fügten sie heimlich ihre Buchstaben hinzu, und mit ihren kleinen Freuden, ihren Hochzeiten und ihren Beerdigungen gelang es ihnen, eine Gegend zur neuen Heimat zu machen, so wie ein ruhig dahinfließender Fluss sich sein Bett schafft, indem er mit der Zeit die Steine abschleift.

Aber was auch geschieht, die Vergangenheit kann man nicht vergessen. Mein Großvater hatte, um über das Leben, das er zurückgelassen, aber nie vergessen hatte, nicht sprechen zu müssen, das Schweigen gewählt. Meine Mutter behauptet, er könne besser Griechisch und Französisch als Türkisch und bleibe aus Stolz lieber stumm, als ein gebrochenes Türkisch zu sprechen. Aber meine Mutter behauptet vieles, was nicht der Wahrheit entspricht, vor allem, sie habe niemals einen Fehler gemacht. Oder dass sie mich immer geliebt und mich eigentlich nur zu meinem eigenen Wohl verstoßen habe. Ich habe mir schon als Kind angewöhnen müssen, auf ihre Lügen nicht hereinzufallen, und für ein Kind gibt es vielleicht nichts Schwierigeres, als zu lernen, seiner Mutter zu misstrauen. Und es dann auch noch zu schaffen, nicht darüber zu reden und alles für sich zu behalten. Als ich das gelernt hatte, war ich vermutlich erwachsen geworden, ohne je in der Pubertät gewesen zu sein. Aus einer zu kurzen Kindheit direkt in die Volljährigkeit.

Mein Großvater war ungefähr dreißig, als er in die Türkei emigrierte. Er war innerhalb wie außerhalb des Hauses ein durchsetzungsfähiger Mann, aber an seine Stimme erinnere ich mich kaum. Jetzt, da ich mich meiner Anfangszeit in dieser Stadt entsinne, deren Sprache ich nicht beherrschte und in der ich mich noch stärker in mich selbst zurückzog, verstehe ich ihn besser, denn auch ich führte Selbstgespräche, obwohl ich manchmal immerhin mit Menschen redete, die meine Sprache konnten. Die Sprache zieht eine Linie durch unser Gedächtnis, und es ist womöglich diese Linie, die sich zur Grenze unserer Heimat entwickelt.

Vor Jahren war ich einmal in Argentinien und betrat das Geschäft eines Silberschmieds, um ein Geschenk zu kaufen. Als ich den Inhaber mit seinem Sohn Türkisch sprechen hörte, fiel ich wie aus allen Wolken. Ich ließ mir seine Geschichte erzählen. Die Familie war in den 1920er-Jahren, um dem Völkermord an den Armeniern zu entgehen, nach Argentinien geflohen. Aber noch immer sprachen sie ab und zu Türkisch miteinander. Damals erschien mir das überaus kurios.

Wenn ich jetzt darüber nachdenke, kann ich sie verstehen: Sicherlich bildete auch für sie die Sprache eine Verbindung zu ihrer Heimat. Die sprachliche Erinnerung ähnelt der von Geruch: Wenn du ein Wort in dieser Sprache hörst, kehrst du zurück in die Kindheit, an Orte, an denen du dich geborgen fühlst. Und wenn es keinen gibt, mit dem du in der Sprache deiner Kindheit sprechen kannst? Dann führst du entweder Selbstgespräche – oder du schreibst, so wie ich es tue.

Mein Großvater sprach mit sich selbst, während ich heute das aufschreibe, was ich niemandem sagen kann. Dunkle und helle historische Linien in unserem Inneren treten dort zutage, wo wir in uns graben. So hoffe ich und versuche, aus Zellen, deren Vorhandensein mir nicht bewusst ist, meiner Existenz eine Bedeutung zu verleihen. Vielleicht ist es ein vergebliches Unterfangen, vielleicht die Suche nach einer Antwort, die ich nie finden werde.

Möglicherweise jedoch folgt das Leben auch einer Kreisbahn, und wir kommen erst dann zur Ruhe, wenn wir sie vollendet haben. Ich möchte daran glauben, dass es einen Sinn für mich hat, jetzt wieder in Deutschland zu sein, zurückgekehrt zu sein in diese Stadt, die mein Leben veränderte und von der ich, als ich sie vor Jahren verließ, sicher war, sie nie wiederzusehen. Wenn es eine Kreisbahn in meinem Leben gibt, dann hat sie in Berlin begonnen und wird in Berlin vollendet werden.

Deutschland

»Was sollen wir hier noch tun, Papa? Du siehst doch, hier werden die Leute auf offener Straße ermordet. Wir haben verloren, und dort kann dein Enkel wenigstens überleben.«

So legte meine Mutter mal eben ihren größten Trumpf, mich, auf den Tisch, um ihren Vater, meinen Großvater, davon zu überzeugen, sie nach Deutschland ziehen zu lassen. Sie würde mich mitnehmen, und Aysel, ihre Kindheitsfreundin Aysel, würde ihr einen Job besorgen, wir kämen ja vorerst eh bei ihr und ihrer Familie unter, später würden wir eine eigene Wohnung mieten, dann würde sie meine Schwester nachholen, und sie könnten auch stets problemlos zu Besuch kommen. »Ihr müsst nur einen Bus besteigen, und zwei Tage später seid ihr in Berlin. Das ist nicht anders, als nach Ankara zu fahren.« Deutschland, für das sie schwärmte, obwohl sie noch nie dort gewesen war, das sie noch nicht gesehen hatte und über das sie nicht mehr wusste als das, was sie aus Aysels Briefen und einer Handvoll Postkarten erfahren hatte. Es war noch ein Jahr bis zum Militärputsch, Deutschland hatte Einreisen aus der Türkei noch nicht mit einem Visum belegt, und meine Mutter wusste nicht, dass die deutsche Regierung wenige Jahre nach unserer Ankunft alle möglichen Angebote machen würde, um die Türken wieder zurück in ihr Land zu schicken. Hätte sie es gewusst, wäre sie trotzdem gegangen, denn Aysel und sie hatten Deutschland natürlich nicht, wie sie gegenüber meinem Großvater behauptet hatte, als Zukunftsperspektive für mich ausgewählt, sondern, damit sie selbst ein freies Leben führen konnten, ohne dass Verwandte und Bekannte sich einmischten. Aysel verschaffte meiner Mutter die Gelegenheit, das nachzuholen, was sie in ihrer Jugend durch ihre frühe Heirat versäumt hatte. Mein Großvater wusste das nicht, ich jedoch, die ich in Berlin Aysels Briefe aus der verschlossenen Schublade, in der meine Mutter sie immer noch aufbewahrte, herausfischen und heimlich lesen sollte – ich würde es erfahren.

Ferne sonnige Tage

Als ich mich gegen Morgen mit schmerzendem Rücken aus dem Sessel quälte, in dem ich eingenickt war, war die Sonne noch nicht aufgegangen. Während ich mir Kaffee aufbrühte, klickte ich die Nachricht an, die mir auf dem Display meines Telefons angezeigt wurde. Ein Foto von Suna. Sie am Strand in ihrer neuen Wahlheimat Indien, von Elefanten umlagert. Dazu Fragen über Fragen: Warum wir sie nicht besuchen kämen? Es sei ein so herrlicher Frühsommer, ob mir die Sonne denn nicht gefehlt habe? Ob *sie* mir nicht gefehlt habe? Ob ich, falls nein, nicht wenigstens so tun könne, als würde sie mir fehlen? Ob ich mich wohl jemals Seite an Seite mit Elefanten gesonnt hätte? Sie hatte die Nachrichten sowohl an mich als auch an die von uns dreien gebildete Gruppe geschickt, einschließlich diverser Angebote für günstige Flugtickets. »Was meinst du?«, fragte ich Tuba in einer persönlichen Nachricht. Noch während ich sie schrieb, wusste ich, dass wir beide nicht hinfliegen würden.

»Und sie wollen nicht, dass wir Unzufriedenen unsere Stimme erheben«[1]

In Berlin zog ich mich noch mehr in mich selbst zurück. In einem der Bücher, die ich heimlich las, hatte ich Bekanntschaft mit Ayşe geschlossen. Seitdem war Ayşe mir zur Freundin, zur Vertrauten geworden. Sie hätte ja ohnehin mit niemandem über mich tratschen können.

Ayşe ist intelligent, sogar die Intelligenteste in ihrer Klasse. Aber sie hört nicht. Sehr schwierig sei es, mit Ayşe zurechtzukommen, sagen ihre Lehrer. Mersin ist schön, es ist sonnig, seine Straßen sind bunt. Aber Ayşes Vater ist in Deutschland, als Werftarbeiter.

Jahrelang tue ich so, als wäre Ayşe nicht umgekommen, tue so, als hätte sie sich nicht vom Hochhaus gestürzt, weil sie mit dem Zwiespalt, weder Türkin noch Deutsche zu sein, weder dort noch hier frei sein und ihre Probleme nirgendwo zur Sprache bringen zu können, nicht länger umgehen konnte.

»Durch die bist du so geworden!«, wird meine Mutter mich später anschreien, als sie mich mit den Büchern, die ich vor ihr versteckt gehalten hatte, ertappt. »Lass mir wenigstens Ayşe«, werde ich erwidern und versuchen, ihr das Buch, das ihr gehört, zu entreißen. Als sie merkt, wie viel es mir bedeutet, wird sie es als Erstes verbrennen. Während Ayşe von den Flammen verzehrt wird, stirbt auch Semra im Feuer, zum zweiten Mal. Dennoch werden sie weiterleben. Und ich werde nicht weinen, obwohl meine Bücher zu einem Häuflein Asche verbrennen. Von jenem Tag an sind Ayşe

1 Mündliches Zitat von Semra Ertan aus ihrem Gedicht »Mein Name ist Ausländer« im Rahmen eines Anrufs beim WDR Radio am 25. Mai 1982

und Semra ständige Begleiterinnen in meiner Welt. Und als ich dann von zu Hause fortgehe, nehme ich sie mit, nur diesmal für immer. Adieu, Mutter, lebe wohl, und auf Nimmerwiedersehen.

Melih

Berlin, November 2016

Melih und ich wollen uns in einem Café in der Auguststraße treffen. Das Wetter ist hundsmiserabel. Noch mehr als eine Stunde, bis er kommt. Mir fällt der kleine Buchladen in der Nähe ein, die Tucholsky-Buchhandlung. Als ich eintrete, herrscht Stille, an die zwanzig Stühle sind aufgereiht. »Für die Lesung heute Abend«, sagt der mittelalte Mann mit Ziegenbart, der an der Kasse steht. Er legt eine Broschüre zu dem Buch, das ich gekauft habe, zeigt darauf und sagt: »Hier ist das Programm, falls Sie kommen möchten.« Eine Veranstaltung mit einem Dichter, der vor dem Syrienkrieg geflohen ist.

Dann sitze ich im Café, warte und trinke einen Cappuccino. Nachdem Melih zur Tür hereingekommen ist, schüttelt er sich wie ein Hund nach einem Bad im See, um das Wasser von seinem Regenmantel abtropfen zu lassen. »Gott sei Dank habe ich den angezogen«, sagt er, während er den Mantel abstreift, »das Wetter hier ist ja wohl unerträglich.«

Er ist mal wieder so entspannt und guter Dinge, als hätten wir einander erst gestern gesehen, als wäre nichts geschehen, als wäre er nur mal so zu einer Stippvisite nach Berlin gekommen.

Nachdem ich abgewartet habe, bis er seinen Kaffee bestellt hat, sage ich: »Dann leg mal los.« Er lächelt mich an. »Die neue Haarfarbe steht dir.«

»Es gibt für dich kein Schiff und keine Straße«[2]

»Ich bin gekommen, wie Flüchtlinge eben kommen«, sagte Melih. »Im Schlauchboot.«

Als feststand, dass nach Tuba und mir gefahndet wurde und Melih mitbekommen hatte, dass, um seine Kontakte zu uns zu überwachen, auch sein privater Telefonanschluss abgehört wurde, von dem er fälschlich angenommen hatte, er wäre der Polizei unbekannt, sei ihm klar geworden, dass es allmählich ernst wurde. Beziehungsweise sei es nicht ihm selbst klar geworden – denn er sieht ja stets alles durch die rosarote Brille –, sondern Handan, seine blonde, blutjunge neue Geliebte habe ihn davon überzeugt. »Bravo, Handan«, sagte ich. »Bringt Melih, auf den wir jahrelang vergebens eingeredet haben, mit einem Fingerschnippen zur Vernunft.«

»Mach dich nicht über mich lustig, ich habe einen anstrengenden Trip hinter mir, das gehört sich nicht«, lachte er. Er hatte sich so gut wie überhaupt nicht verändert; obwohl einige seiner einst blonden Haare weiß geworden waren, schien er kaum gealtert zu sein und die Tage, die er unter griechischer Sonne verbracht hatte, verliehen seiner Haut Glanz.

»Nur gut, dass ich nicht zu Hause war«, fuhr er fort. »Da wir immer noch verheiratet sind, haben sie ein, zwei Wochen später nämlich auch meine Wohnung auf den Kopf gestellt.«

Während er und Handan kurz zuvor noch in Bodrum Urlaub bei ihrer Mutter gemacht hätten, habe er sich plötzlich wie ein syrischer Geflüchteter auf dem Boot eines Freundes wiedergefunden, ohne Pass auf einer Reise ins Ungewisse. »Wären die Ersparnisse,

2 Kavafis, Konstantinos (1997): *Das Gesamtwerk*. Ammann Verlag: Zürich

die Handans Mutter noch auf der Bank hatte, und die Journalisten, die ich zuvor in Griechenland kennengelernt hatte, nicht gewesen, säße ich jetzt nicht neben dir und tränke Kaffee, sondern stünde vielleicht gerade in der Schlange in einem Geflüchtetencamp auf irgendeiner Insel, um auf Toilette zu gehen.« Als er das sagte, leuchteten seine Augen erstmals nicht, und es verzog auch kein sarkastisches Lächeln seine Mundwinkel.

Dann gab er sich einen Ruck und verwandelte sich schlagartig in den alten Melih zurück, indem er sagte: »Jetzt reicht es aber mit den sentimentalen Heimatschmonzetten, ich bin doch nicht nach Berlin gekommen, um hier mein Leben zu fristen. Komm, steh auf, dich erwarten Rakı und Fisch, ich habe einen Tisch reserviert im …«, und er gab sich Mühe, den Namen des Restaurants richtig auszusprechen, in das er mich ausführen wollte. »Ach so, ich weiß«, sagte ich, »›Osmans Töchter‹, der Treffpunkt für die betuchte türkische Community.« Doch ehe wir uns dorthin aufmachten, überreichte ich ihm noch sein Geschenk. Er zog das Buch aus der Papiertüte und las seinen Titel: *Selim oder Die Gabe der Rede.* »Ayşe«, erklärte ich. »Lern du sie jetzt auch mal kennen.«

Die Schatten vergangener Sünden

»Interessiert es dich denn gar nicht, wie es ihr heute geht?«, fragte Melih. Eine kleine Flasche Rakı hatten wir bereits geleert, und auch die zweite war nur noch halb voll. »Ich schreibe Ihnen eine große auf die Rechnung, das kommt Sie billiger als die zwei kleinen«, sagte unser Kellner auf Türkisch. Er kannte Melih aus dem Fernsehen, was auch die wiederholten kleinen Aufmerksamkeiten aus der Küche erklären mochte. Ist man in der Türkei einmal berühmt, so ist man es sein Leben lang, und es erfordert große Mühe, sich dem zu entziehen. Gut, Melih beklagte sich nicht darüber, er schien sich sogar insgeheim zu freuen, dass er auch hier erkannt wurde.

Während ich in ein knuspriges Zigarettenbörek biss, dachte ich über Melihs Frage nach. Interessierte es mich denn gar nicht, wie es ihr heute ging? Natürlich interessierte es mich, aber wollte ich sie sehen? Wollte sie mich sehen? Und wenn wir uns träfen, wie sollten wir dann mit all der Zeit umgehen, in der wir uns nicht gesehen und nicht gesprochen hatten, in der wir nicht eine einzige gemeinsame Erinnerung hervorgebracht hatten? Wir waren doch kein Liebespaar, das sich getrennt hatte, keine geschiedenen Eheleute, die versucht hatten, Freunde zu bleiben, keine Schulkameraden, die sich für ein paar Jahre aus den Augen verloren hatten. Sie war meine Mutter.

»Präteritum«, antwortete ich Melih. »Es *interessierte* mich mal, aber das ist aus und vorbei. Ich habe keine Mutter und keine Familie mehr.«

»Wir sind hier doch nicht in einem Kemalettin-Tuğcu-Roman«, sagte Melih. »Im richtigen Leben hat jeder eine Familie.« Melih hatte schon immer so eine pragmatische Seite, bei der man nicht wusste, ob man sich darüber freuen oder ärgern sollte; und mit seiner ruhigen und klaren Art hatte er es selbst in den kritischsten Momenten schon geschafft, mich wieder zu erden.

»Früher oder später werdet ihr einander ja eh begegnen, aber wenn du noch eine Weile die Dramaqueen spielen willst, dann tu dir keinen Zwang an, ich halte dein Gezicke schon aus.« Er hielt mir seinen Rakı entgegen und sagte: »Prost! Darauf, dass wir mittlerweile alt genug sind zu wissen, dass das Leben letztlich seinen Lauf nimmt, was auch immer wir tun.«

»Darauf, dass wir hier sind«, sagte ich.

»Auf Berlin«, sagte er. Wir stießen an.

Zu spät

Bisweilen fühlst du dich dort am einsamsten, wo du von den Menschen umgeben bist, die du am meisten liebst.

In dem Gespräch mit Melih hatte ich ihm nicht gesagt, dass ich sogar schon zum Haus meiner Mutter gegangen war. Ich wusste ja selbst nicht, warum ich das getan hatte. Aber ein innerer Drang, die Aussicht vielleicht, eine Antwort auf die Frage nach dem Warum zu erhalten, oder auch bloß schnöde Rachegelüste, mich ihr zu zeigen, wie ich jetzt war, hatten mich vor die Tür jenes Hauses geführt, das nie wieder zu betreten ich mir geschworen hatte.

Hätte ich damals nicht den Schlüssel in die Spree geworfen, hätte ich einfach aufschließen und hineingehen können. In Deutschland wird ebenso selten das Türschloss eines Hauses ausgetauscht, wie sich seine Farbe verändert. Man versucht, jegliche Veränderung im Leben zu vermeiden in dem Wahn, es könne – ja, müsse – immer in dieser Monotonie so weitergehen. Aber ich wusste schon damals, jung, wie ich war, dass ich, wenn ich den Schlüssel nicht weggeworfen hätte, Jahre später zurückgekehrt wäre und damit vor dem Anspruch auf Unveränderlichkeit kapituliert hätte. Der in den Fluss geworfene Schlüssel gab mir Freiheit, er verschaffte mir die Gelegenheit, zu mir selbst zu kommen, auf was auch immer ich unterwegs würde verzichten müssen.

Ein Mensch mag Fabrikarbeiter sein, Krankenpfleger, Arzt, Koch oder Reinigungskraft in einer Schule – doch macht ihn dieses nicht wertvoller als jenes, und er kann daraus auch nicht das Recht ableiten, auf andere hinabzublicken. Das, Mutter, hast du deinen Schülern beigebracht. Mich aber hast du, ohne dich dafür zu interessieren, wer ich war und was aus mir noch werden sollte, einfach aus deinem Leben getilgt, bloß weil ich nicht deinen Vorstellungen entsprach.

Ich bin nicht mehr sauer, auch nicht traurig. Wenn aber, vielleicht mit zunehmendem Alter, die Dinge, die in deinem Leben nicht funktionieren, sich immer wieder an derselben Stelle aufstauen, dann fängst du an nachzudenken. Darüber, wo das alles begonnen hat und wie es so weit kommen konnte …

Natürlich würde ich meiner Mutter nicht erzählen, was ich alles getan hatte, nachdem ich sie verlassen hatte. Nicht, dass ich mit fünfzehn Jahren in Bahnhöfen geschlafen hatte, nicht, dass ich vor Hunger in Supermärkten Brot abgebrochen und mir in den Mund gesteckt hatte, und erst recht nicht, dass ich, als die Verzweiflung mit der Zeit immer größer geworden war, auf öffentlichen Toiletten gegen Geld die Schwänze alter Männer gelutscht hatte. Das alles wollte ich in meinem Gedächtnis ersetzen durch die Erinnerung an den Augenblick, in dem unsere Verbindung gekappt worden war. Ich wollte mich weder an ihr rächen noch ihr durch etwas wehtun, was sie ohnehin nicht verstehen würde.

»Ich glaubte, ich könnte dich beschützen«, sagte sie. Ihre Stimme war rau und schien aus einer anderen Dimension zu kommen, als hätte sie lange mit niemandem mehr gesprochen. »Wovor?«, fragte ich.

»Vor dem Leben da draußen.« Mit der Hand zeigte sie aus dem Fenster. Sie zeigte auf Berlin, auf die Straßen, die Bars, die Drogen, den Sex – auf all das, womit sie nichts zu tun haben wollte. »Es ist mir nicht gelungen.«

»Seit damals ist in meinem Leben so viel passiert, Mutter«, sagte ich.

»In meinem Leben ist, seit du gegangen bist, gar nichts mehr passiert«, sagte sie.

Ich wusste in dem Moment nicht, was trauriger war.

Möwen

Tuba schickte aus Portugal hin und wieder eine E-Mail, meist aber Briefe. Ich kenne nur zwei Personen, die heutzutage noch Briefe schreiben. Die eine ist eine Freundin aus Istanbul, die Schriftstellerin Buket Uzuner, die andere Tuba. Angesichts der Tatsache, dass beide eine sehr akkurate Handschrift besitzen und das Schreiben als etwas ansehen, das mithilfe der Finger, mit Stift und Papier getan werden sollte, erscheint diese Vorliebe verständlich. Sie gehören zu den Frauen, die Notizblock und Füllfederhalter stets bei sich tragen. Und ich muss zugeben, dass es mich immer in freudige Erregung versetzt, einen Brief zu bekommen, auf dem die Marken eines fremden Landes kleben. Es zählt fast zu meinen Hobbys, diese Marken eingehend zu studieren und mitunter, wenn ich nicht weiß, wen oder was sie abbilden, sogar Nachforschungen im Internet anzustellen. Auf der Marke des aktuellen Briefes waren silberfarbene Sardinen zu sehen, eines der nationalen Symbole Portugals, und Fischerinnen aus dem vergangenen Jahrhundert. Vielleicht hatte Tuba bewusst diese Marke ausgewählt, sagte ich mir. So machte es Buket immer. Ich hatte ihre Postkarten aus Slowenien und den USA, mit den Marken berühmter Frauen oder LGBT-Idole versehen, noch bei mir zu Hause in Cihangir. Bei Buket müsste ich mich auch wieder melden, sie machte sich bestimmt schon Sorgen, fiel mir in diesem Moment ein, aber ich wollte noch nicht über Istanbul und das, was damit zusammenhing, nachdenken müssen.

Tuba tat so, als hätte sie sich in Portugal eingelebt, aber auch wenn sie bemüht war, es sich nicht anmerken zu lassen, spürte ich doch, wie sehr sie Istanbul vermisste.

Meine liebe Dunya,

gestern habe ich wieder diesen Hügel in Lissabon bestiegen. Ich war völlig aus der Puste. Ich meine den, von dem man eine Aussicht hat wie von Cihangir auf Fındıklı. Die Möwen flogen, und eine kam leise angetrippelt, fast wie ein Spatz, und begleitete mich auf meinem Weg nach oben. Die Möwen hier sind so anders als die in Istanbul, irgendwie entspannter. Erinnerst du dich, letzten Sommer auf deiner Terrasse? Als eine sich ein Stückchen Fisch von unserem Tisch schnappen wollte, mir mit dem Schnabel in den Kopf hackte und wir uns nur mit Mühe und Not ins Haus gerettet haben? Als ich daran denken musste, befühlte ich unwillkürlich meinen Kopf. Klar, die Wunde ist mittlerweile verheilt, aber es gibt doch so etwas wie einen Phantomschmerz, und der ist noch da. Vielleicht sind alle Wunden so: Sie verheilen zwar, aber wenn wir uns an sie erinnern, müssen wir hinfassen. Du hast mir doch mal von diesem Hohlraum in deinem Zahn erzählt und dass du immer wieder mit der Zunge hineinfährst, und so sind eben auch unsere Wunden: Wenn es da so einen Hohlraum gibt, spürt man dem immer mal wieder nach, ob er auch noch da ist.

Und wie fett die Möwen hier sind! Unsere sind ja vor lauter Nervosität oder was auch immer ganz abgemagert. Die hier sind irgendwas zwischen Hase und Katze. Ich habe auch ein Foto für dich gemacht, aber nicht mit dem Handy, sondern mit der Kamera. Deswegen kriegst du es erst, wenn wir uns das nächste Mal treffen. Und wenn wir zurück in Cihangir sind, lassen wir es rahmen und hängen es an die Wand.

Zwischen Luka und mir läuft's ganz gut, falls du es wissen willst, nur dass Rita sozusagen bei uns eingezogen ist. Sie kocht und bringt uns Essen, bietet uns Getränke an oder kommt mit

Kuchen zum Nachmittagstee. Ich will mich ja nicht beklagen, aber sie taucht fast ein bisschen zu oft bei uns auf. Wir sind quasi nur noch allein, wenn wir im Bett liegen. Heute bin ich auch deshalb auf den Hügel gestiegen, um mal ein bisschen Abstand von ihr zu bekommen. Ich denke, sie ist einfach sehr allein. Buraks Zustand ist unverändert, und jetzt, da es kälter geworden ist – ich meine, für hiesige Verhältnisse, ansonsten ist es nämlich noch immer sonnig und aus nordeuropäischer Sicht wohl eher frühlingshaft –, haben sich die Menschen in ihre Häuser zurückgezogen und es ist weniger Betrieb. Ich glaube, sie ist etwas vereinsamt.

Als ich heute durch die Seitengassen gestreift bin, ist mir noch bewusster geworden, dass Lissabon zwar eine sehr schöne Stadt ist, aber eigentlich doch sehr an Istanbul erinnert. Ich meine nicht allein die Hügel, die Brücke, die zwei Ufer miteinander verbindet, den Strom, der mitten hindurchfließt, die unzähligen steilen Anstiege und die verwitterte Schönheit, die daher rührt, dass auch sie einst Hauptstadt eines prächtigen Reichs gewesen ist. Nein, ich meine auch die tiefe Armut im Hintergrund, eine Armut, die man nicht sieht und nicht bemerkt, wenn man nur als Tourist kommt. Es sind vor allem Geflüchtete aus den alten Kolonien in Afrika und junge Brasilianerinnen und Brasilianer.

Ich hatte ja gesagt, dass ich mich langsam eingewöhne, da fallen mir inzwischen natürlich auch die Schattenseiten des Systems ins Auge. Ich denke mittlerweile darüber nach, mal einen Artikel darüber zu schreiben. Das Schicksal unseres Dossiers ist ja ohnehin besiegelt: In der Türkei können wir es nirgends mehr veröffentlichen, und hier gibt es keinen, der sich für die Türkei interessiert; und selbst wenn, wer könnte die ganzen Dokumente auf Türkisch überhaupt lesen?

Sunas Laune ist ungetrübt. Neulich hat sie mir Bilder von ihrem Yoga-Camp in Goa geschickt. Wenn wir beide doch auch einen solchen Ehemann gefunden hätten, der sich selbst nach der Scheidung noch dermaßen um einen kümmert, was? Aber ich hänge noch immer an der psychischen und physischen Schönheit, wie du an Luka sehen kannst. Meine Hoffnung ruht also auf dir. Du hast auch nicht das Problem, Kinder bekommen zu wollen, also such dir einen reichen Mann und lass uns ihn gemeinsam genießen.

Jetzt soll das Wetter wieder ein wenig besser werden, dann kannst du im Frühling doch kommen. Das wäre so schön, denn ich vermisse dich sehr. Manchmal ist es einfach nicht genug, Briefe zu schreiben.

Deine Blauäugige
Tuba

Die Terrasse

Wenn ich an mein Haus in Cihangir denke, vermisse ich außer meinen Büchern und Pflanzen am meisten die Terrasse, von der man die Sonne aufgehen sieht. Und die Sommernächte, in denen wir auf das geziegelte Dach über der Terrasse stiegen, um den Morgen zu erwarten. Es erhob sich dann ein in zartes Rosa und Blau gefärbter Tag, und wir betrachteten diesen Sonnenaufgang über dem Bosporus, der sich seit Tausenden von Jahren auf immer gleiche Weise vollzieht, jedes Mal mit erneutem Staunen, als wäre es der erste, ein unbegreifliches Wunder. Nun, da ich in der bedrückenden Finsternis nördlicher Gefilde daran zurückdenke, ja, da kommt mir das alles tatsächlich wie ein Wunder vor.

Unsere Sommertage, vor allem die Wochenenden, verbrachten wir fast immer auf dieser Terrasse: Tuba, Suna, Melih, manchmal auch andere Freunde, und, wenn ich gerade einen hatte, mein Freund. Die Möwe, an die Tuba hatte denken müssen, war an einem solchen Sommertag gekommen, um uns bei Tisch Gesellschaft zu leisten. Während Tuba und ich auf der Terrasse saßen, erledigte Suna an ihrem Computer ein Stockwerk tiefer irgendwelches Zeug. Und Melih hatte sich, von der Hitze erschöpft, in einem der Zimmer hingelegt.

Nachdem die Möwe Tuba am Kopf verletzt hatte und ich feststellte, dass es blutete, ging ich die Treppe hinunter, um Eis zu holen. Als ich ins Wohnzimmer kam, war Sunas Laptop eingeschaltet, nur Suna war nicht zu sehen. Ich wandte mich nach links, betrat die Küche, und da sah ich sie: an die Arbeitsfläche gelehnt, die Augen geschlossen, den Kopf in den Nacken gelegt. Ihr Bikinihöschen hing ihr unter den Knien. Melih, der seinen Kopf zwischen Sunas Beinen vergraben hatte, musste meine Anwesenheit wohl gespürt haben, denn er fuhr hoch. Suna schlug die Augen auf. Melih grinste mich auf die für ihn typische Art ganz unverfroren an. Als wollte er sagen: »Alles in Ordnung.« Suna versuchte mit knallrotem Gesicht, sich ihr Höschen hochzuziehen.

Ich ging an den beiden vorbei, holte die Eiswürfel aus dem Eisfach, füllte sie in eine Schüssel, und als ich zum zweiten Mal auf seiner Höhe war, blickte ich Melih tief ins Gesicht und rammte ihm mein Knie mitten in sein Gemächt. Während er schmerzerfüllt zusammenklappte, rief ich nach oben zu Tuba: »Halte durch, meine Liebe, ich bin gleich wieder da!«

Heimat

Wie gewöhnt man sich an eine Stadt? Wie gelingt es dir, selbstbewusst durch ihre Straßen zu gehen? Ab wann flößt dir ein Schatten im Dämmerlicht während der abendlichen Heimkehr nicht mehr Furcht, sondern Vertrauen ein? Vielleicht dann, wenn du weißt, wo du was essen, wann du essen und was du trinken sollst. Vielleicht ist es einfacher und geht es schneller, wenn du einen hast, der dir das alles beibringen kann, oder wenn du die Hand ergreifst, die sich dir in einem unerwarteten Augenblick entgegenstreckt.

Vom Balkon der Wohnung in Berlin aus sind bunte Container zu sehen. Nachts werden sie von kleinen Lichtern erhellt. Geflüchtete aus Syrien leben darin. Tagsüber dringen manchmal die Stimmen von Kindern zu mir hoch, die trotz allem unbeschwert spielen. Ab und zu sind arabische Lieder aus einem Radio zu hören, aber sie werden sofort leiser gedreht, und ich denke dann, dass die Leute Angst davor haben, Lärm zu machen. Im Grunde weiß ich, dass es so ist, denn ich habe es selbst erlebt.

Mit meiner Mutter lebte ich in einer Gegend Westberlins, die von den Deutschen gemieden wurde, direkt an der unheilvollen, furchteinflößenden Mauer, die die Stadt vom einen zum anderen Ende durchzog. Wer sie von der anderen Seite zu überwinden versuchte, dem drohte Erschießung. Dennoch kam meine Mutter zu Beginn, wenn ich zu Hause laut türkische Musik hörte, immer angerannt und schaltete sie entweder aus oder doch zumindest so leise, dass sie selbst in der Wohnung kaum noch zu hören war. Ihr zufolge hätten die Deutschen, indem sie uns hierzulande aufgenommen hatten, Größe gezeigt. Also sollten wir ihnen Respekt zollen und unsere Kultur nicht in den Vordergrund stellen, sondern sie, wenn es denn sein musste, unauffällig und nur in den eigenen vier Wänden leben.

Eines Tages jedoch, an dem sie aus irgendeinem Grund früher von der Arbeit nach Hause kam, stand ich, da ich noch nicht mit ihr gerechnet hatte, vor dem Spiegel – ausstaffiert mit allerlei bunten Schals und Tüchern, die ich in der Wohnung gefunden hatte, einschließlich eines mit bunten Frühlingszweigen gemusterten Kopftuchs. Ich spielte die Tanzszene aus einem Film nach, den ich im Fernsehen geschaut und bewundert hatte: als Rita Hayworth in der Rolle der Salome.

Aus dem voll aufgedrehten Kassettenrekorder dröhnte Sezen Aksu: »Gold, Silber und Brillanten, Smaragde, Perlmutter und Rubine …« Bis der Rekorder urplötzlich verstummte. Als ich meinen Kopf drehte, traf mich eine brutale Ohrfeige mitten ins Gesicht. Diesmal sei ich zu weit gegangen. Ich gäbe sie im Viertel noch der Lächerlichkeit preis. Wenn ich mit diesem Schwachsinn nicht aufhörte, würde sie mich zurück zu meinen Großeltern in die Türkei schicken.

Keifend riss sie mir die Tücher vom Leib, nur um festzustellen, dass ich darunter nackt war. Da setzte es die nächste Ohrfeige. Ich rannte in mein Zimmer, zog mir hastig etwas über und eilte die Treppen hinab in den Hinterhof, wo die Mülltonnen standen. Da sich dort niemals jemand länger aufhielt, wusste ich, dass ich würde allein sein können. Ich begann leise zu weinen. Mein Gesicht schmerzte. Es war von den Schlägen gerötet, aber sie waren nicht der Grund meiner Tränen. Ich war verzweifelt. Ich war, in einer unbekannten Stadt voller Menschen, deren Sprache ich nicht verstand, und mit einer Mutter, die mich nicht mehr wollte, zutiefst einsam.

Während ich neben den Mülltonnen kauerte und leise weinte, erschien ein alter Mann mit einer Tüte in der Hand. Wahrscheinlich dachte er aufgrund meines roten Gesichts und weil ich draußen auf dem Boden hockte, dass ich mich geprügelt hätte. »Tut's weh?«, fragte er, indem er auf meine Wange wies. Ich war inzwischen so weit, dass ich Deutsch einigermaßen verstehen und radebrechend sprechen konnte. Aber anstatt zu antworten, schüttelte ich nur den Kopf. Er warf seine Mülltüte mit schwerfälligen Bewegungen in eine der Tonnen. Dann drehte er sich zu mir um und fragte: »Wo kommst du her?«

Als ich ihm sagte, dass ich Türke sei, fragte er: »Kannst du Deutsch?« Ich nickte.

Wortlos ließ er sich neben mir nieder. »Ich will dir eine Geschichte erzählen«, sagte er dann. Heute weiß ich, dass er seine Worte bewusst so wählte, dass ich sie problemlos verstehen konnte.

»Als ich in deinem Alter war, wohnte ich nicht in Berlin, sondern in einem kleinen Ort. Das ist sehr lange her. Weder du noch deine Mutter haben damals schon gelebt. Deutschland entschied sich, Krieg zu führen. Wenn man ein Kind ist und weit weg von der Hauptstadt lebt, dann kommt einem der Krieg wie ein Spiel vor. Aber eines Tages holten sie meinen Vater zu den Soldaten. Später bekamen wir einen Brief, in dem stand, dass wir ihn nie wiedersehen würden.« Er hielt inne. An mich gewandt fragte er: »Das kannst du verstehen, nicht wahr?«

»Ja«, sagte ich auf Deutsch.

»Wir hatten ohnehin nicht viele Sachen, aber das Wenige, das wir besaßen, nahmen wir mit hierher. Denn in dem kleinen Ort gab es auch keine Arbeit mehr. Meine Mutter und die anderen Frauen, die keine Männer mehr hatten, haben viel gearbeitet, um Deutschland, das den Krieg verloren hatte, und die Stadt hier, Berlin, wieder aufzubauen. Es vergingen Jahre, und Deutschland beschloss noch einmal, Krieg zu führen. Meine Mutter war inzwischen schon tot. Aber ich sah mit eigenen Augen, wie Berlin zum zweiten Mal zerstört wurde. Nun gab es nicht mal mehr genügend Deutsche, um sie wieder aufzubauen. Also holte sich unser Land die Hilfe von Türken, Jugoslawen und Italienern, wir arbeiteten mit ihnen zusammen und ließen die Stadt, die du hier siehst, neu erstehen.«

Er zog ein Papiertaschentuch aus der Tasche und reichte es mir, damit ich mich schneuzen und mir die Tränen trocknen konnte. »Niemand geht gern von zu Hause weg«, sagte er. »Aber diese Stadt hier ist heute genauso unsere wie eure Heimat. Vergiss das nie.«

Weiter oben öffnete sich ein Fenster auf den Hof, und die schrille Stimme meiner Mutter ertönte: »Wo steckst du? Was treibst du da mit unbekannten Männern?«

Während der alte Mann sich aufrappelte, flüsterte er mir zu: »Ich heiße Bruno und wohne im zweiten Stock. Wenn du mal wieder weglaufen willst, kannst du auch zu mir kommen, statt hier zu den Mülltonnen.« Obwohl er unsere Sprache nicht konnte, verstand er doch meine Sorgen. Erstmals seit langer Zeit fühlte ich mich erleichtert und lächelte. Von jenem Tag an begann ich, mich an Berlin zu gewöhnen.

Ungute Gefühle

Ich hatte nicht zum ersten Mal mitbekommen, dass Melih Tuba betrog. Von den vielen Geschichten abgesehen, die ich vom Hörensagen kannte, hatte ich Melih auch selbst schon einmal auf frischer Tat ertappt: Ich saß in Bebek im Außenbereich einer Bar, in der schöne junge Mädchen und reiche, weniger junge Männer aus der Medienbranche verkehrten, und wartete dort anlässlich eines fragwürdigen Vorstellungsgesprächs auf einen ehemals berühmten Moderator. Ich überlegte gerade, ob ich nicht besser reingehen sollte, da die Markisen kaum vor der Sommerhitze schützten, und während ich mich umsah, erblickte ich ihn: Melih. Freilich nicht allein, sondern in Gesellschaft einer viel jüngeren, schlanken Frau, die ihre langen hellbraunen Haare beim Gespräch wiederholt zur Seite warf und eindeutig nicht Tuba war. Seine Hände befanden sich irgendwo zwischen ihren Hüften und ihrer Taille. Als er mich bemerkte, blieb er nicht nur seelenruhig, sondern nickte mir sogar zu und lächelte.

Aber Suna? Okay, Suna war schön, sie wollte sich – frisch geschieden – austoben und flirtete mit jedem, der ihr über den Weg lief. Nur warum ausgerechnet mit Melih?

Als ich sie das am Tag nach unserer peinlichen Begegnung fragte, sagte sie: »Es war ja nur zweimal.«

»Zweimal zu oft«, sagte ich. Weil wir das Geschehene nicht rückgängig machen konnten, stellte ich Überlegungen an, was stattdessen getan werden müsste. Ob sie ineinander verliebt seien? Das wäre doch denkbar, eine so sorglose Affäre lasse sich möglicherweise mit Liebe erklären, mutmaßte ich.

»Ach, Blödsinn«, sagte Suna. »Uns war einfach nur langweilig, und der Alkohol hat auch eine Rolle gespielt. Habe ich nicht mehr alle Tassen im Schrank, dass ich mich in Melih verlieben sollte? Nachher ergeht's mir noch wie Tuba.«

Als sie das sagte, schien sie völlig vergessen zu haben, dass sie selbst nicht unwesentlich dazu beigetragen hatte, wie es Tuba gerade erging.

Während dieser Aussprache, die einen ganzen Abend und bis in die Nacht hinein währte, beschlossen wir, dass ich Tuba nichts verraten würde, solange sie, Suna, von Melih künftig die Finger ließe.

Eine Stadt zu lieben

Je mehr Zeit verging, desto mehr begann ich, mich an die Wohnung in Berlin zu gewöhnen. An das Licht der nächtlichen Straßenbeleuchtung, an die knarrenden Geräusche aus der Etage über mir, an den kleinen Hund der Nachbarin, der, wenn Frauchen zu spät nach Hause kam, gedämpft durch die Tür hindurch kläffte, an das Rattern der S-Bahn in der Parallelstraße, an den Geruch gebratener Zwiebeln, der mir in die Nase stieg, wenn ich das Küchenfenster kippte.

Und an die Stille, die in die Straße einkehrte, wenn alles ringsum schlief.

In dieser Stille öffnete ich wieder unser Dossier und arbeitete weiter. Seit einer Weile schon hatte ich das Gefühl, dass der Artikel, wenn ich alle Details noch einmal durchginge und anders arrangierte, verständlicher würde und sich in Deutschland leichter publizieren ließe. Auch dank der mit der Zeit neu hinzukommenden Fakten und des wachsenden Interesses. Während ich an dem Dossier arbeitete, traf eine E-Mail in meinem Postfach ein.

Melih, Selim, Ayşe

Ich bedaure, dass ich dieses Buch nicht schon früher gelesen habe, bin dafür jedoch umso glücklicher, dass ich das jetzt nachholen konnte. Ich meine das Buch, das du mir geschenkt hast: Selim oder Die Gabe der Rede. *Mir hat nicht nur die Geschichte gefallen, sondern ich habe nun endlich auch Ayşe kennengelernt und fange womöglich gerade erst an, dich wirklich zu verstehen.*

Was hat sich in unserem Land seitdem verändert, habe ich mich gefragt. Es wurden so viele Bücher, Gedichte und Lieder geschrieben. So viele Leute wurden getötet, und was die Vertreibung von Menschen aus unserem Land angeht, sind wir Experten geworden. Aber was hat sich geändert? Ayşe spricht doch von gewissen Ängsten, die wir von zu Hause mitbrächten, und tragen wir diese Ängste nicht immer bei uns, wohin wir auch gehen? Hass wird künstlich erzeugt, aber er ist immer noch da, hier wie dort. Und über Hass, der sich nicht gegen uns, sondern gegen andere richtet, sagen wir: »Den gibt es nicht. Der ist nicht so wie in der Geschichte, der ist anders, er hat Gründe, und außerdem ist er nicht so schlimm.« Betroffen sind nur die Ayşes. Die Ayşes sterben, und jedes Land weist die Schuld dem anderen zu.

Ich freute mich, dass Melih ein für mich so wichtiges Buch nicht nur tatsächlich gelesen, sondern auch so aufgefasst hatte, wie es meinem Verständnis entsprach. Was er geschrieben hatte, erinnerte mich daran, warum ich – Tuba hin, Tuba her – noch immer mit ihm befreundet war. Mit dieser Empfindung, und um das Gedenken an Ayşe lebendig zu halten, schlug ich jenes Kapitel auf, das sich meinem Gedächtnis für immer eingeprägt hatte.

Ayşes Tod

31. Dezember 1983
Was an ihrem letzten Tag in Ayşe vorging, weiß niemand. Sicher scheint mir, dass sie gegen den Hass reden wollte: sie hielt ihn für künstlich erzeugt oder sogar herbeigeredet und wollte das rückgängig machen, indem sie die Gleichgültigkeit zum Hauptfeind erklärte. Inzwischen fällt es manchmal schwer, ihr zu folgen: es gibt Leute mit alltäglichen Jobs, Gewohnheiten und Intelligenzquotienten, die sich öffentlich hinstellen und verkünden: »Jawohl, ich hasse Ausländer!« Das lässt sich nicht mehr verständnisvoll interpretieren, es sei denn mit einer saftigen Ohrfeige im Namen der menschlichen Gattung. Selim hatte recht: man muss, um peinliche Verzögerungen zu vermeiden, rechtzeitig wissen, wie es jenseits gewisser Sätze weiterzugehen hat.

Mir kam das vor fünf Monaten gründlich in Erinnerung, als in einer Schöneberger Kneipe fünf bierselige Gestalten gegen meinen Protest Nazilieder sangen. Ich kriegte eins neben das Auge, war einige Tage bedrückt und machte mindestens zwei Wochen lang auf meine Freunde einen unsymmetrischen Eindruck. Selim hätte mich am schnellsten trösten können: mit einer taktischen Analyse. »Das nächste Mal«, hätte er vielleicht gesagt, »musst du nicht auf den achten, der redet, sondern darauf, wo die anderen stehen« – und dann hätte er mir etwas Unterricht im Kräfteschätzen und Raufen gegeben. Nichts tröstet mehr als der Gedanke, beim nächsten Mal gescheiter zu sein.

Trotzdem hatte Ayşe recht: »Hass« ist das Schild, das schließlich auf die Leiche des Erzählens geklebt wird.[3]

---

3 Nadolny, Sten (1990): *Selim oder Die Gabe der Rede.* Piper Verlag: München

Als ich am nächsten Morgen aufwachte, fand ich eine Nachricht von Suna auf meinem Telefon. Sie kündigte an, nach Berlin zu kommen, und fragte, ob ich in der Stadt sei. Wo sonst, erwiderte ich. Es gebe für mich kein Schiff und erst recht keine Straße.

Natürlich verstand sie meine Anspielung nicht und erzählte mir stattdessen lang und breit von einer Messe für alternatives Leben, an der sie in Berlin teilnehmen werde. Auf die Frage, ob es denn solche Veranstaltungen in Indien nicht zur Genüge gebe, schrieb sie abermals in aller Ausführlichkeit, dass sie ja gerade aus diesem Grund komme und man Lösungen für strukturelle wie individuelle Probleme der Menschheit am besten finde, indem man Philosophien wie diese verbreite.

Schon bevor sie überhaupt da war, langweilte sie mich mit Themen, die mich nicht im Mindesten interessierten. Suna ist lieb und nett, aber sie benimmt sich, als müssten wir uns alle für ihre jeweils neueste Marotte begeistern, ja, als wären wir bereits davon begeistert und hätten es nur noch nicht bemerkt. Weil diese Marotten dauernd wechseln, hören wir bei dem, was sie erzählt, oft nur noch mit halbem Ohr hin.

Meine Wohnung sei zwar klein, schrieb ich, aber wenn sie mit mir in einem Bett schlafen wolle, hätte ich nichts dagegen einzuwenden. »Nein, nein«, erwiderte sie, »ich bin sowieso im Hotel, ist auch näher zur Messe. Ich wollte dich nur gerne sehen.«

Einen stundenlangen Flug in Kauf zu nehmen, um aus dem von der Sonne verwöhnten, tropischen Goa ins winterkalte Berlin zu kommen, das war sogar für Suna mit vernünftigen Gründen nicht zu erklären. Vielleicht hatte sie von dort ja genug, dachte ich, und womöglich wurden ihr sogar das Yoga und die alternative Lebensphilosophie zu viel, nur dass sie es mir nicht sagte. Suna war schnell gelangweilt, hatte aber auch die nötigen Ressourcen dafür, nämlich jede Menge Zeit und Geld.

Termin

Wie die Menschen, so haben auch die Städte oft nur geringe Ähnlichkeit mit den Fotos, die im Internet von ihnen kursieren. Weder sind die Sonnenuntergänge dermaßen idyllisch und farbenfroh, noch reicht ein strahlend blauer Himmel aus, alle zugleich überglücklich zu machen. Das dachte ich heute, als ich an der U-Bahn-Station Eberswalder Straße ausstieg und unter der Hochbahn hindurchging. Die Schönhauser Allee war wie auf einem Instagrampost in rosarotes Licht getaucht und hätte daher von lächelnden Menschen mit wehenden Haaren bevölkert sein müssen. Stattdessen standen unter der schwarzen Eisenbrücke zur Rushhour mürrisch dreinschauende und fast ausnahmslos dunkel gekleidete Menschen aller möglichen Hautfarben, Geschlechter und Nationalitäten, die es vermutlich angemessen fanden, als Deutsche, Türken, Syrer, Engländer, Russen – oder schlicht als Berliner – bezeichnet zu werden, reglos an der seit geraumer Zeit Rot zeigenden Ampel und warteten. Für einen Moment erschien mir dieser Anblick wie das Standbild aus einem Film. Niemand flüsterte auch nur. Aber das Rattern der U-Bahn, die oben über die Brücke fuhr, ließ den Film wieder anlaufen. Die Ampel schaltete auf das ersehnte Grün, und ich marschierte los in Richtung des Cafés, das mitten im Prenzlauer Berg in einer Straße mit Kopfsteinpflaster und bunten Häusern aus der Gründerzeit lag.

Meine Nervosität, die zunahm, je näher der Termin rückte, empfand ich als seltsam.

Heimat

Seit meiner Kindheit liebte ich Züge, Bahnhöfe und Gleise, ohne zu wissen, warum. Erst lange Zeit später, ausgerechnet bei einer Zugfahrt, wurde mir klar, dass der Grund meiner Eisenbahnleidenschaft mein immer größer werdendes Fernweh war. Während ich im gelblich beleuchteten Speisewagen des Zuges, der im Dämmerlicht mit monotonem Rattern durch bewaldetes Gebiet fuhr, diesen Augenblick in meinem kleinen schwarzen Notizbuch festhielt, lächelte ich erleichtert, als hätte ich das Geheimnis des Lebens ergründet.

Vergiss

»Ich will, dass meine Mutter stirbt, und will es zugleich auch nicht. Ich will, dass sie stirbt, denn dann bekomme ich endlich Freiraum, kann in aller Ruhe leben, wie ich möchte, und sterben, wann ich möchte. Aber ich will auch, dass sie nicht stirbt, da ich mit der Leere, die sie hinterließe, nichts anzufangen wüsste. Und das auch noch, ohne dass wir einander begegnet wären«, sagte ich zu Melih, als ich ihm vom Treffen mit meiner Mutter erzählte. Wir saßen in Kreuzberg im »Luzia«, dessen breite Fensterfront auf die Oranienstraße blickte, zu einer abendlichen Stunde, in der nur wenige Gäste da waren und keine Technomusik lief.

»Erinnerungen schmerzen nur so lange, wie du an sie denkst, also vergiss sie einfach«, sagte er. Das hätte ich ja gern getan, wenn ich es gekonnt hätte, ich hätte ihr vielleicht auch verziehen, aber mein Gehirn, meine Seele, meine Kindheit – sie weigerten sich, zu vergessen.

»Ich war nicht der Mensch, den sie sich erhofft hatte, okay. Aber wer ist schon so? Wer?«

Wir schwiegen beide.

»Ich hätte nicht erwartet, dass du mir das alles erzählst«, sagte Melih. »Behalten wir nicht alle irgendetwas für uns? Eine Weile, manchmal ein Leben lang? Vergraben wir nicht die dunklen Punkte unserer Vergangenheit tief in uns selbst? Wie sollten wir sonst jemand anderes werden, jemand, der so ist, wie wir sein wollen? Selbst wenn das ginge, ich wüsste nicht, wie.«

»Jeder hat sich etwas vorzuwerfen oder zu bereuen. Ich, dass ich ihr nicht früher gegenübergetreten bin«, sagte ich, und dann, um die drückende Atmosphäre ein wenig aufzulockern: »Ach, übrigens: Suna kommt. Da gibt's eine Messe oder so, irgendeinen Firlefanz, wie er Suna gefällt.«

»Ich weiß«, sagte Melih.

Eine Suna kommt in die Stadt

Als Suna mit ihrer von der Sonne Goas gebräunten, so gar nicht in den kalten, düsteren und mürrischen Berliner Winter passenden Haut, einem gelben, sich eng an ihren schlanken Körper schmiegenden und sündhaft teuer wirkenden Kaschmirkleid, ihren sonnengebleichten honigfarbenen Haaren sowie riesigen türkisen Ohrringen das ruhige, helle Obergeschoss des »Schwarzen Cafés« betrat, wo ich es mir seit etwa zehn Minuten bequem gemacht hatte, da hielten alle Anwesenden – Gäste wie Kellner gleichermaßen – für einen Augenblick die Luft an. Es war, als hätten wir uns erst tags zuvor noch gesehen, als lägen nicht so viele Monate und Ereignisse dazwischen. »Du bist wunderschön«, sagte ich. Ich sagte das mit so inniger Empfindung, dass man hätte meinen können, ich sei in Suna verliebt. Doch nicht nur ich dachte in diesem Moment so, sondern auch alle um uns herum, dessen bin ich mir sicher. Berlin ist eine Stadt, in der exquisite Schönheit selten ist; die Cafégäste mit ihren blassen Gesichtern, ihren gleichförmigen Frisuren und ihrer farblosen Kleidung hatten ein Bild abgegeben wie aus einem dystopischen Schwarz-Weiß-Film. Seit Suna erschienen war, hatte der Film Farbe bekommen, Musik hatte eingesetzt, das Leben war lebendig geworden.

»In dieses Café ist in den Siebzigern immer David Bowie gegangen«, sagte ich. »Das gefällt dir bestimmt, darum habe ich es ausgesucht.«

Sunas Kaffee, den ich schon vor ihrer Ankunft bestellt hatte, wurde ihr serviert, kaum dass sie sich gesetzt hatte.

»Ich habe dir einiges zu erzählen«, kündigte sie mit fröhlicher Stimme an.

Möwen flogen in diesen grünen Augen

Während Suna erzählte, versank ich in ihren Augen. Erst beschrieb sie die Elefanten. Sie weiß, wie sehr ich diese Geschöpfe liebe. Diese Frau hat das gewisse Etwas, sie versteht es, ihr Gegenüber für sich einzunehmen, in aller Heimlichkeit dafür zu sorgen, dass der andere seinen Schutzschild sinken lässt. Sie musste das nicht lernen, es gehört ganz einfach zu ihren natürlichen Gaben, wie auch ihre braun-grünen Augen, ihre strahlend weißen Zähne und ihr fein geschnittenes Gesicht. Dinge, die man sich ohnehin schwer aneignen kann.

Sie erzählte davon, wie die Elefanten, während sie am Strand Yoga praktizierte, die für sie ausgelegten Blumensträuße vertilgten oder gemächlich einherschritten, während sie schwamm. Dann von den Ayurvedakursen, an denen sie teilgenommen hatte, und wie sehr die Ernährung doch mit unserer Weltanschauung zusammenhängt. Danach war ihr Ex-Mann an der Reihe, aber der erreichte weder auf meiner noch auf ihrer Interessenskala einen allzu hohen Wert, und so sah ich es als meine Aufgabe an, uns beide von der unweigerlich sich ausbreitenden Langeweile zu erlösen.

»Warum, um Gottes willen, bist du bei dieser Kälte eigentlich nach Berlin gekommen?«, unterbrach ich sie.

Sie sagte, dass sie mich vermisst habe, zudem habe sie von Indien auch irgendwann die Nase voll gehabt. »Ich bin ein Stadtmensch«, sagte sie. »Vielleicht bleibe ich einfach für eine Weile in Berlin, wer weiß? Immerhin bist du ja auch hier.«

Während sie das sagte, senkte sie, anstatt mir in die Augen zu schauen, den Blick auf ihre Kaffeetasse. In dem Moment spürte ich, dass ich Suna, sosehr ich sie mochte, nach der Geschichte mit

Melih nicht mehr ohne Vorbehalte vertrauen konnte. Aber darüber sprechen konnte ich mit ihr nicht. Über manche Dinge zu sprechen, verändert das Verhalten deines Gegenübers in keiner Weise, sondern laugt dich nur aus. Das wusste ich schon als Kind.

Heimat

Etwas, woran ich mich seit meiner Kindheit erinnere: Ein schmächtiger blonder Junge ist im Wohnzimmer, aus dem man in einen schattigen Garten blickt, auf das breite Fensterbrett geklettert, ein Buch in der Hand. Er interessiert sich für das, was ihn umgibt, genauso wenig wie für die krakeelenden Kinder, die draußen direkt unterhalb des Fensters spielen. Jahre später sollte eine Freundin meiner Mutter, seit damals einer der wenigen Menschen, die mich so akzeptierten und so liebten, wie ich war, zu mir sagen: »So lange, wie ich zurückdenken kann, hast du ständig am Fenster gesessen und gelesen. Du sahst so süß aus von draußen.«

Ich war ein stiller, gutmütiger Junge. Vielleicht hatten auch die endlosen Streitereien zu Hause etwas damit zu tun, aber meine ältere Schwester war zum Beispiel ganz anders. Sie konnte ihre Stellung vielleicht nur dadurch behaupten, dass sie immer laut und aggressiv auftrat, in Anwesenheit zweier Eheleute, die niemals erwachsen geworden waren, und eines »sonderbaren« kleinen Bruders.

Die zweite Erinnerung, die mir im Gedächtnis geblieben ist: Diesmal bin ich draußen, zusammen mit Kindern meines Alters. Im Mittelpunkt ein Lederball, den ich zur Beschneidung geschenkt bekommen habe. Das sind so die typischen Geschenke, die man kriegt, wenn man beschnitten wurde: alles Symbole dafür, dass man zum Mann geworden ist. Die anderen Jungen rennen und schwitzen, schreien und treten gegen den Ball. Am Himmel steht hoch die Sommersonne. Ich sitze im Schatten eines Baumes. Schaue ihnen nicht einmal zu. Natürlich habe ich ein Buch in der Hand. Meine Mutter hat mich gezwungen, nach draußen zu gehen, damit ich mit den anderen spiele. Ich weiß, dass es zwecklos ist, mich dagegen zu wehren, meine Mutter ist eine starrköpfige Frau. Ich gehorche ihr und mache dann doch, was ich will. Solange sie es nicht merkt, bekomme ich auch keinen Ärger. Außerdem gibt es im Ort außer meiner Mutter niemanden sonst, der will, dass ich mit den anderen Kindern spiele, die anderen Kinder und mich eingeschlossen.

Amor, Vida, Vino, Afonso

Meine liebe Dunya,

Luka hat wohl gemerkt, dass ich etwas unzufrieden bin, denn er hat vorgeschlagen, am Wochenende einen Ausflug zu machen. Wir sind mit dem Auto in eine kleine Stadt namens Sintra gefahren, etwa eine halbe Stunde von Lissabon entfernt. Diesmal nur Luka und ich. Rita habe ich gesagt, dass wir ein Wochenende allein verbringen wollten. Sie schien fast ein bisschen beleidigt zu sein.

Hier ist es dermaßen ruhig, friedlich und schön. Weil der Winter naht, sind auch fast keine Touris da, ansonsten bin ich mir sicher, dass hier im Sommer vor lauter Menschen kein Durchkommen ist, so wie üblich in Portugal.

Überall sich selbst überlassene Villen, Kopfsteinpflaster, Bäume, unermüdlich zwitschernde Vögel und kleine Lokale. Es erinnerte mich ein wenig an Büyükada, weißt du? Die Bäume hier sind wilder, die Blumen größer und prächtiger, weil es natürlich nie richtig Winter wird. Aber die Villen, in denen sich in den vergangenen Jahrhunderten alle möglichen Geschichten zugetragen haben müssen, ihre leicht verwitterten Fassaden, ihre gepflegten Gärten und die bemoosten Schutzmauern, das ist ein bisschen wie auf der Insel. Lord Byron hat hier ein Buch geschrieben, wir haben heute bei einem Spaziergang einen Hinweis darauf gesehen, und auch die nach ihm benannte Straße. Er hat das hier das Paradies genannt, aber ich wünschte, er hätte auch Büyükada gesehen. Hätte er von Tarıks Villa auf das in der Ferne liegende Istanbul geblickt, insbesondere damals, als die Stadt noch üppig grün und nicht so hektisch war, dann weiß ich nicht, ob er woanders noch irgendein Buch geschrieben hätte.

Heute waren wir in einem Restaurant, oder vielleicht eher einem Schnellimbiss, da hing an der Wand ein Ölgemälde des Gründers, eines schnauzbärtigen Mannes, der aussah wie der Typ von »Kebapçı İskender«. Wir waren die einzigen Gäste, die englisch sprachen, und der unhöfliche alte Kellner fragte mich, warum ich kein Fleisch äße. »Meat is good«, sagte er, indem er zuerst auf mein Gesicht und danach auf die weiße Tischdecke zeigte. Ja, der Kellner hat also herausgefunden, warum ich immer noch so blass bin. In einem Fernseher lief lautlos »Survivor«, was den Gesamteindruck einer Imbissstube noch verstärkte. Ach ja, ich bin mir sicher, das weißt nicht mal du: Wem gehört wohl die Firma, die das »Survivor«-Format produziert? Bob Geldof. Dieser Funfact aus der Popkultur stammt von Luka. Ich sage ja immer, auf die Männer ist in dieser Welt kein Verlass. Und siehe da: Selbst Bob Geldof entspricht dem Klischee.

Gegenüber dem Lokal, in dem wir gestern saßen, stand ein Mann um die siebzig und sang ein Lied, wobei er sich von einem alten Kassettenrekorder begleiten ließ. Auf einem hinter ihm aufgespannten Stofftransparent stand in roten Lettern: Amor, Vida, Vino, Afonso. Als er fertig war, richtete er eine Art Ansprache an die Leute. Es hörte sich an, als würde er ihnen eine Geschichte erzählen. Dann ließ er wieder dasselbe Lied laufen und sang dazu. Er soll in der Salazar-Ära ein kommunistischer Student gewesen sein. Als er nach schwerster Folter wieder freigelassen worden war, sei er nie wieder ganz er selbst geworden. Das Lied, das er auf dem Rekorder abspielte und das ihn und viele andere in die Freiheit geführt hat, heißt »Grândola, Vila Morena«. Portugal wurde schlussendlich befreit, doch die Spu-

ren, die eine Diktatur bei einem Menschen hinterlässt, sind mitunter auch nach Jahren noch vorhanden.

Aber ich möchte dich nicht länger frustrieren. Wie geht es euch in Berlin? Suna scheint ja jetzt auch da zu sein, sie hat mir gestern ein gemeinsames Foto von euch geschickt. Ehrlich gesagt bin ich schon ein wenig eifersüchtig. Übrigens nichts gegen dich, aber Suna strahlt ja geradezu vor Schönheit! Luka überschlug sich fast vor Bewunderung. Wenn Männer eine schöne Frau sehen, dann ist die Welt um sie herum vergessen. Zum Glück sind Suna und du wie Schwestern für mich; ich würde euch blind jeden meiner Geliebten anvertrauen, auf unsere Freundschaft lasse ich nichts kommen.

Ansonsten macht mir die Sache mit meinem Visum ein wenig Sorgen. Ich halte mich hier nun schon seit Monaten mit einem Touristenvisum auf. Wenn ich das ausreize, gibt es bestimmt noch Probleme. Ich frage mich, ob ich nicht auch nach Berlin kommen sollte. Vielleicht könnte ich da einen Teilzeitjob finden, mein Erspartes geht nämlich allmählich zur Neige und ich muss irgendwo arbeiten. Hier kann ich weder die Sprache, noch kenne ich jemanden, der mir diesbezüglich helfen kann. Dort hingegen ist es fast wie in Istanbul, ihr seid auch alle da, und meine Eifersucht lässt bestimmt ebenfalls ein wenig nach, wenn ich komme. Was meinst du? Ich habe es vermisst, neben dir im Bett zu liegen.

Deine Blauäugige

Worte

Es gibt Menschen, die uns das Herz brechen, und Menschen, die in einer solchen Zeit des gebrochenen Herzens unsere Nähe suchen, die uns in schlaflosen Nächten zur Seite stehen, die still unsere Hand halten und wortlos unser Leid mit uns teilen. Tuba hat stets meine Hand gehalten, vom ersten Kennenlernen an.

Ich wollte Tuba in ihrer verzweifelten Einsamkeit, von der sie zwar nicht geschrieben hatte, die ich ihr aber, wäre ich bei ihr, von den Augen hätte ablesen können, helfen. Ihr, die sich allen Schicksalsschlägen zum Trotz dagegen wehrte, zusammenzubrechen, aber inzwischen schon beim leisesten Windhauch bedrohlich schwankte wie ein alter, morscher Baum.

Soweit ich wusste, gab es in Deutschland Förderprogramme für Journalisten, die ihren Beruf in ihrem Herkunftsland nicht mehr ausüben konnten. Und ich kannte ein paar Anwälte, die sich vielleicht für eine befristete Aufenthaltsgenehmigung einsetzen würden.

Anstelle einer langen und emotionalen E-Mail schrieb ich eine kurze Nachricht:

»Komm hierher, ich lasse dich nicht allein. Ich habe es vermisst, mit dir zu kichern und neben dir einzuschlafen.«

Heimat

Es hatte nicht bloß mit dem jeweiligen Moment zu tun, dass meiner Mutter jedes Mal die Tränen kamen, wenn sie einen traurigen Film schaute oder Zeugin eines betrüblichen Vorfalls wurde. Es hatte sich eine Melancholie in ihr festgesetzt, die sie einfach nicht mehr ganz aus sich herausbekam. Und das Gefühl, das bei solchen Gelegenheiten mit ein, zwei Tränen in ihr aufstieg, markierte eine Pause, die ihre im Grunde niemals abzuschließende innere Abrechnung weiter hinauszögerte, ansonsten aber harmlos war. Nach jeder dieser Pausen, nach jedem Weinen, fühlte sie sich noch erschöpfter, noch unglücklicher, noch weniger mit dem Leben verbunden. Sie schrieb dies jedoch stets den kleinen Widrigkeiten zu, die ihr in jenen Augenblicken gerade begegnet waren. Sie schien entschlossen, dieses Spiel so lange weiterzuspielen, bis sie endlich bereit wäre, sich die Wahrheit einzugestehen. Aber das menschliche Gehirn bewahrt an einer uns unbekannten Stelle, in einem engen, dunklen Winkel seiner entlegensten Windungen Erinnerungen für uns auf, die wie ein Blitz alles sonst im Gedächtnis Verborgene taghell zu erleuchten vermögen, sobald sie in einem günstigen Moment hervorgekramt werden. Eine solche Erinnerung war ich.

Zeki Müren soll dich küssen

Schon in jungen Jahren beschloss ich, vor allem zu lesen. Am ersten Tag der Sommerferien war ich der Einzige, der noch Bücher las, während die anderen Kinder ins Schwimmbad gingen und drei Monate lang keine Seite umblätterten. Feuchte, süßlich duftende, lange Mittelmeersommer. Einmal entriss mir meine Mutter wütend das Buch, das ich gerade las, und zwang mich, mit den anderen Kindern ins Schwimmbad zu gehen. Ich war nicht bloß enttäuscht, mir graute regelrecht davor. Ich hatte ihr nicht erzählt, dass mich ein Cousin, als ich das letzte Mal im Schwimmbad war, gefragt hatte, warum ich mich denn wie Zeki Müren benähme. Das war ein türkischer Sänger, der von Frauen angehimmelt und von Männern verspottet wurde und sich kleidete wie eine Frau. Alle hatten gelacht, und danach hatte ich allein in einer Ecke gesessen und den Abend herbeigesehnt. Die anderen Kinder. Konnte meine Mutter denn nicht einfach begreifen, warum ich lieber las, als Freunde zu finden?

Ich war neun Jahre alt, und das Buch, das ich las, war *Die Jungen von der Paulstraße*. Ich erinnere mich noch an seinen Einband und an die Nächte, in denen ich mich, wenn die ganze Familie sich schlafen gelegt hatte, im Bett unter der Decke verkroch und es mithilfe einer trüben Taschenlampe heimlich las.

Als ich zehn war, beschloss ich, dass ich mich, wie meine Klassenkameraden auch, in ein Mädchen verlieben müsse. Sie war größer als ich, ein Jahr älter und stark, hatte breite Schultern, kurze Haare und eine tiefe Stimme. Als die anderen Jungen der Klasse Geschichten darüber zu erzählen begannen, wie sie zum ersten Mal ein Mädchen geküsst hatten, versuchte ich das Gleiche mit ihr, allerdings mit geschlossenen Augen, und ich stellte mir dabei vor, es wäre der Kapitän der Basketballmannschaft unserer Schule. Ich erschaffe das alles in meinem Kopf, sagte ich mir, also kann ich diese Gedanken auch unterdrücken. Wenn ich mich genug anstrenge, kann ich mich anpassen, kann mich in dieses Mädchen verlieben, sie heiraten und ein ganz normales Leben führen.

Nachdem ich mich nach nicht allzu langer Zeit von meiner ersten Freundin getrennt hatte, wandte ich mich von Neuem ausschließlich den Büchern zu. Da Bücher nicht billig waren und ich mehr las, als ein gesundes Kind lesen sollte, nahm mich meine Mutter mit in eine Bibliothek und meldete mich an, damit ich mir Bücher ausleihen konnte. Wir hatten auch Bücher zu Hause, und ich besaß sogar ein eigenes Bücherregal, aber diese riesige Bibliothek bezauberte mich. Ich verlor mich im endlosen Ozean anderer Welten, Welten, von deren Existenz ich ohne Lektüre niemals erfahren hätte. Und ich erkannte sofort, dass ich den wachsamen Blicken meiner Eltern nicht mehr ausgesetzt wäre, wenn ich die Bücher, die mich interessierten, hier läse, anstatt sie auszuleihen und mit nach Hause zu nehmen.

Geschwätz

Es scheint, als lebten wir das Leben so, wie wir es leben wollen, nur solange wir jung sind. Danach verbringen wir die meiste Zeit damit, uns an früher zu erinnern.

Vielleicht ist sich darüber auch Suna im Klaren, und ihre schier unerschöpfliche Energie, ihr Verhalten, als könne sie noch immer alles ändern, als hätte sie unendlich viel Zeit für alles Neue, das ihr gerade in den Sinn kommt, ist in Wirklichkeit das Bemühen, diese Tatsache vor sich selbst zu verbergen.

In dieser Hinsicht ähnelt sie eigentlich Melih. Sowohl Suna als auch Melih tun zwar so, als würden sie, obwohl wir alle drei in derselben Stadt sind, einander nicht treffen, nicht kommunizieren, ja, nicht einmal Notiz voneinander nehmen, sind jedoch so kindlich beseelt, dass sie denken, ein derart offenkundiges »Sich-Ignorieren« fiele nicht auf, würde nicht wenigstens von mir bemerkt, die ich sie beide gut kenne.

Lächle!

So wie ich es jeden Morgen tue – oder während ich einen Kaffee trinke oder etwas esse oder Wein trinke oder ein Buch lese oder eine Serie schaue oder eine Textnachricht schreibe –, kontrolliere ich auch an diesem Morgen, wo ich, noch nicht ganz wach, im Bett liege und meine Augen sich noch an die fahle, diesige Berliner Helligkeit zu gewöhnen versuchen, meinen E-Mail-Posteingang.

Eine neue Nachricht.

»Bitte sehen Sie es uns nach, dass wir seit unserer letzten Unterredung so viel Zeit haben verstreichen lassen. Aber die Dateien, Akten und Dokumente, die Sie uns zur Verfügung gestellt haben, enthielten zahlreiche kritische Informationen. Deshalb mussten wir sie mit unseren Quellen abgleichen und sicherstellen, dass es sich um Originale handelt. Inzwischen haben unsere türkischen, deutschen und syrischen Quellen die Daten und Dokumente in dem Dossier verifiziert.

Wir sind sehr an einer Veröffentlichung des von Ihnen erstellten Dossiers über die von der türkischen Regierung und von führenden Persönlichkeiten im syrischen Bürgerkrieg verübten Kriegsverbrechen interessiert und würden daher gerne mit Ihnen zusammenarbeiten. Wir wären erfreut, wenn Sie so bald als möglich wieder mit uns in Verbindung treten könnten.«

Heimat

Vor langer Zeit war ich verletzt worden. Jahrelang lebte ich nur dafür, mich an denen, die mir diese Verletzung zugefügt hatten, zu rächen. Später, als ich zu der Person wurde, die ich heute bin, wurde mir langsam klar – und es war beileibe nicht einfach –, dass mein innerer Schmerz von Anfang an, schon seit meiner Kindheit, auf etwas anderem beruhte.

Ich war nicht geliebt worden. Ein von seiner Mutter ungeliebtes Kind, weil es versuchte, es selbst zu sein. Ich konnte mir meine Wunden nicht selbst verbinden.

Jugend, eine komplizierte Verheißung

Erstmals seit langer Zeit kam keine Nachricht aufs Handy und auch kein Brief, sondern eine E-Mail von Tuba. Noch ehe ich sie las, konnte ich mir denken, dass sie keine guten Neuigkeiten brachte.

»Bei unserer Rückkehr aus Sintra waren das Haus, der Garten und alles andere totenstill, und nirgends brannte Licht. Es lief keine Musik oder sonst etwas. Dabei wusste Rita doch, dass wir wiederkommen würden. Romeo hatte sich in eine Ecke verzogen und schniefte wie ein trauriges Kind. Wir spürten, dass irgendetwas nicht stimmte. Luka rief sofort Rita auf dem Handy an. Der Abend brach allmählich herein, es war sieben Uhr oder so. Er erreichte immer bloß die Mailbox. Dann fing er an, seine Freunde durchzutelefonieren. Endlich ging mal einer ran. Sie waren alle im Krankenhaus.«

Burak starb noch in dieser Nacht. Und Rita wurde klar, dass der vielleicht letzte Faden, der sie mit dem Leben verband, gerissen war.

»Auf einmal hat alles seinen Sinn verloren. Alles hat sich verändert. Nichts in diesem Leben und auf diesem Planeten, dem ich Wert beigemessen hatte, ist geblieben. Nichts. Was noch da ist, ist ohne Bedeutung«, sollte sie zu Tuba sagen, als sie ihr am nächsten Tag erklärte, dass sie das Haus zum Verkauf ausschreiben werde.

Wasser

»Das muss sein, als würde man ertrinken«, sagte Tuba. Wir saßen seit Monaten erstmals wieder beieinander. Sie zupfte die Decke über ihren Knien zurecht, um auch die Füße darunter zu bekommen. Ich beugte mich zu ihr hinüber und war ihr behilflich. Sie lächelte.

»Sie war schon in der ersten Nacht, nachdem sie wieder nach Hause zurückgekehrt war, wie erstarrt, aber je kälter das Wasser wurde, gegen das sie ankämpfen musste, desto mehr schien das Blut aus ihren Adern zu weichen und ich sah ihre Kräfte zusehends schwinden. Ihre Energie war erschöpft. Wenn du mit deiner Power am Ende bist, dann wird die Welt um dich herum schwarz. Sie ließ sich fallen und versank in dieser Schwärze.« Tuba nahm einen Schluck von ihrem Ingwertee.

Luka würde noch eine Weile bei Buraks Freunden und bei Rita bleiben. Zumindest, bis das Haus verkauft wäre.

»Um wie viel Uhr war morgen unser Termin beim Anwalt?«

»Um drei. Er spricht super Türkisch und kennt die Lage, in der türkische, kurdische und arabische Journalisten wie du sich befinden. Aber er ist Deutscher, also seien wir lieber überpünktlich …«

Heimat

Falls es so etwas überhaupt gibt, haben zwei Bücher, die ich gelesen habe, mein Leben verändert. Eins spielte in Paris und handelte von einem Barkeeper namens Giovanni. Bis er Giovanni begegnete, war David, die andere Hauptfigur, dazu erzogen worden zu glauben, dass Männer mit Frauen zusammen sein müssten und jede andere Konstellation unnatürlich und widerwärtig sei. Er verleugnete, wer er war und was er wollte, denn nur so konnte er die Person sein, von der die Welt und sein Vater dachten, dass er sie sein müsse.

Zum ersten Mal fühlte ich etwas Bekanntes, etwas, an dem ich anknüpfen könnte. Für einen Jungen am anderen Ende der Welt, der sich immer allein gefühlt und gedacht hatte, dies würde bis in alle Ewigkeit so sein, ist das ein sehr tröstliches Gefühl – ein Gefühl, das ich noch nie zuvor empfunden hatte. Meine Seele war, seit meiner Geburt, eingekerkert gewesen und ich dazu verurteilt, meine Welt für mich zu behalten, früh erwachsen zu werden und Schmerzen zu erleiden, die andere Kinder nicht einmal vom Hörensagen kannten.

David war Amerikaner, aber er verließ sein Land und zog nach Paris. Dort konnte er freier atmen und in gewisser Weise ehrlicher zu sich selbst sein. Fern der Vorurteile, denen er sein Leben lang in seiner Heimat ausgesetzt gewesen war.

Ich begann mir auszumalen, wie es wäre, in Paris zu leben – dort könnte ich, weit weg von meiner Mutter, von der ich wusste, dass sie mich nie so akzeptieren würde, wie ich war oder eines Tages sein würde, vielleicht auch einen italienischen Barkeeper kennenlernen.

Ayşes Geschichte las ich etwa zur selben Zeit. In *Selim oder Die Gabe der Rede* geht es eigentlich nicht vordergründig um sie, die Hauptrolle spielt vielmehr, wie der Titel schon sagt, eine Figur namens Selim. Aber es war Ayşe, mit der ich mich identifizierte, die ich bis heute, um sie vor ihrem bitteren Ende zu bewahren, wie eine enge Freundin fest in die Arme schließen will, deren Knie ich, wenn sie eingeschlafen ist, zudecken will, der ich eine Tasse Tee geben will, wenn sie friert. Ayşe, die auf einem schmalen Seil zwischen zwei erbarmungslosen Welten zu balancieren versucht, sich aber aufopfert und in das Feuer dieser Welten stürzt.

Ich hätte Ayşe nicht retten können, das wusste ich damals schon von meiner Mutter, die alle meine Bücher vor meinen Augen verbrannte, als wären sie daran schuld, dass ich »so« war. Diese Welt war die Welt derer, die Menschen wie uns verbrennen wollten. Jedoch hatte ich nicht vor, mich auch verbrennen zu lassen.

Bedrückende Dinge

Berlin hat weit weniger mit chaotischem Verkehr zu kämpfen als Istanbul, und so standen wir nach einem Mal Umsteigen genau zehn Minuten zu früh am Kottbusser Tor vor der Anwaltskanzlei. Klaus empfing uns pünktlich in seinem Büro.

Nachdem er sich einen Überblick über die Dokumente, die wir ihm vorgelegt hatten, über Tubas in der Türkei publizierte Artikel sowie ihren Lebenslauf verschafft hatte, fragte er: »Ist einer Ihrer Artikel auch schon hier in Deutschland erschienen, oder haben Sie Kontakte zur deutschen Presse?«

Das hatte sie nicht. »Aber wir kümmern uns darum«, beeilte ich mich zu sagen. Da vor allem aus der Türkei solche Anträge gerade allzu häufig gestellt wurden, nahm Deutschland sie besonders genau unter die Lupe, und wenn es in der deutschen Medienlandschaft jemanden gäbe, der für Tuba als Referenz dienen könnte, oder sie Dokumente darüber vorzuweisen hätte, dass sie in der Lage sei, hier zu arbeiten, würde das ihre Chancen beträchtlich erhöhen. Mit dem, was wir in der Hand hatten, konnten die Formalitäten dagegen Monate dauern.

Als wir rausgingen, hakte ich mich bei Tuba ein. Sie machte ein enttäuschtes Gesicht. »Wir finden schon eine Lösung«, sagte ich. »Komm, jetzt wärmen wir uns erst mal mit einem Kaffee auf, du bist das alles nicht gewohnt als Lissabonnerin.«

Termin

Als ich am nächsten Morgen das Haus verließ, schlief Tuba noch. Ich machte es so, wie sie es mochte, und hinterließ ihr, statt ihr eine Nachricht aufs Telefon zu schicken, eine handschriftliche Notiz auf dem Tisch im Wohnzimmer.

»Ich habe eine Verabredung. Wenn ich fertig bin, schicke ich dir eine Nachricht. Wir könnten uns gegen Mittag auf dem Kollwitzplatz treffen. Zu deinem Glück scheint heute die Sonne; wenn du willst, setzen wir uns dann entweder in den Park am Wasserturm oder gehen ins ›Umami‹ und essen eine Kleinigkeit.«

Der Ort unseres Treffens war derselbe wie beim letzten Mal: das Café in einer jener gepflasterten Straßen im Prenzlauer Berg mit ihren bunt gestrichenen Häusern aus der Gründerzeit.

Als ich eintrat, hatte er seine Brille aufgesetzt und las Zeitung. Als er mich sah, erhob er sich mit einem Lächeln, das eine Mischung aus Anerkennung und Zufriedenheit andeutete, und schüttelte mir die Hand.

»Ich bin sehr froh, dass wir uns einigen konnten«, sagte er später, als wir uns voneinander verabschiedeten. »Ich glaube, mit diesem Dossier können wir einen bedeutenden Schritt hin zu einer Veränderung tun.«

»Irgendetwas wird sich bestimmt ändern«, sagte ich, während ich ihm die Hand schüttelte.

Heimat

»Was weiß ich, mein Kind, der kann überall sein. Er ist ein richtiger Herumtreiber geworden. Zuletzt wurde er in Portugal oder so festgenommen, wegen Rauschgiftschmuggels. Nachdem er wieder auf freiem Fuß war, soll er dortgeblieben sein. Es wird halt alles Mögliche geredet, das weißt du ja.« Meine Mutter schwieg für einen Moment. »Nachdem du gegangen warst, wollte ich auch mit ihm nichts mehr zu tun haben.« Ich hatte mich also nicht getäuscht, es war kein Hirngespinst gewesen, was ich unter dem Einfluss der Pille an jenem Abend im Club gesehen hatte, sondern er.

Der erste Mensch, den ich wirklich geküsst hatte. Ich glaubte mich in dem Moment in ihn verliebt zu haben, in dem ich ihn vom Haus meiner Großeltern aus zum ersten Mal sah. Wenn es so etwas wie Liebe in diesem Leben überhaupt gibt, dann muss es das sein. Was mich daran, dass wir nach Berlin ziehen würden, am glücklichsten machte, war die Hoffnung, ihm wiederzubegegnen. Dieser Wunsch konnte doch so schwer nicht zu erfüllen sein. Unsere Familien standen einander nahe, und in Berlin würden wir im selben Viertel wohnen. Es war durchaus möglich, dass wir uns trafen. Aber was wäre danach?

Er war vier Jahre älter als ich. Ich lebte mein wahres Ich nur aus, wenn ich allein war. Inzwischen begnügte ich mich nicht mehr damit, die Kleider meiner Mutter anzuziehen, ich wurde auch ein Meister im Schminken. Und ich wollte Brüste haben. Ausstopfen mit Watte reichte nicht. Zuerst begegnete ich ihm bei einem Feiertagsbesuch, dann auch immer öfter auf dem Schul- oder dem Heimweg. Ich glaubte, er begann, sich meiner Gefühle für ihn bewusst zu werden. Er war erwachsener geworden und hatte sich zu einem rebellischen jungen Mann entwickelt. Meist war er von anderen Jugendlichen umgeben, die wie er nicht mit ihrem Leben zurechtkamen.

Eines Tages, als meine Mutter bei der Arbeit war, klingelte es an der Tür. Ich fragte aufgeregt, wer dort sei. Ich trug das rosafarbene, an den Ärmeln mit Rüschen besetzte Kleid meiner Mutter sowie ihre hochhackigen Brokatschuhe, die sie zu Hochzeiten anzog und mit denen ich mittlerweile bequem gehen konnte. Als sich herausstellte, dass er es war, erstarrte ich für einen Augenblick. Die Verrücktheit meiner fünfzehn Jahre und die Liebe, die ich zu ihm verspürte, seit ich ihn zum ersten Mal gesehen hatte, sagten mir: »Jetzt oder nie!« Und so öffnete ich, aufgetakelt, wie ich war, die Tür.

Ein vergessener Garten

Es war inzwischen etwa eine Woche vergangen, Suna und ich hatten einander nicht oft gesehen, waren nur einmal zusammen mittagessen gegangen, aber auch das war kurz und in aller Eile gewesen. Suna war es bereits gelungen, wichtige Verbindungen zu knüpfen, um hier ein Ayurvedazentrum eröffnen zu können. Da wir inzwischen alle hier waren, würden wir uns ja ohnehin nun öfter begegnen.

Tuba und ich waren gewissermaßen an das Zusammenleben gewöhnt. Wir konnten die Laptops aufklappen, über Kopfhörer die Musik hören, die wir wollten, und so beide gleichzeitig arbeiten. Ich korrigierte die deutsche Übersetzung unseres Dossiers und machte mir Notizen für meinen Roman *Heimat*, in der Hoffnung, ihn vielleicht eines Tages fertigstellen zu können. Ab und zu, wenn ich eine traurige Passage schrieb, kam es vor, dass ich Tubas Anwesenheit vergaß und zu weinen begann. Aber sie brachte sich natürlich in Erinnerung. »Wer hat dich so betrübt gemacht?«, fragte sie, umarmte mich, und ihre Umarmungen taten mir gut.

Tuba schaute sich nach möglichen Stellen um und betrieb zugleich Recherchen für einen Artikel, den sie über Lissabon und seine armen Bevölkerungsteile zu schreiben gedachte.

Eines Abends, als wir mal wieder allzu bleich aussahen, weil wir zu lange auf unsere Bildschirme gestarrt hatten, sagte sie: »Dunya, findest du nicht, wir beiden haben für heute genug getan? Lass uns mal wieder unter Menschen gehen und irgendwo was trinken.«

»Dann wirf dich in Schale«, sagte ich. »Aber so, wie es sich für Tuba gehört, sodass alle Leute sich die Köpfe nach dir umdrehen.«

Ich war auf den Gedanken gekommen, mit ihr in eine Bar in der Torstraße zu gehen. In die, wo es von gut aussehenden und charmanten Männern nur so wimmelte. Es täte ihr gut, dachte ich, mal ein wenig im Mittelpunkt zu stehen.

Vor der Bar war wie immer die Hölle los, und in Berlin in eine angesagte Bar oder in einen Club eingelassen zu werden, hatte mir ein ausländischer Freund mal erklärt, sei schwieriger, als ein Schengen-Visum zu bekommen.

Der imposante Türsteher, der fast den kompletten Eingang verdeckte, sah erst mich und dann Tuba an. Und er warf ihr einen langen und anzüglichen Blick zu, wie es wohl jeder an seiner Stelle – Männlein wie Weiblein gleichermaßen – in diesem Moment getan hätte. Dann öffnete er wortlos die Tür. Während wir hindurchschlüpften, hörte ich ihn zu Leuten, die definitiv vor uns gekommen waren, sagen: »Leider schon voll.«

Drinnen waberte dichter Zigarettenqualm. Vor den Toiletten standen die Leute Schlange, um sich eine Line Koks reinzuziehen. Nachdem wir uns an die überfüllte, von verschütteten Drinks triefende Bar durchgedrängelt hatten, stellte der Barkeeper, noch bevor wir einen Wunsch äußern konnten, zwei Shot Wodka vor uns hin. Dann sagte er lächelnd zu Tuba: »Die gehen aufs Haus. Und jetzt die eigentliche Bestellung?«

Mit unseren Martinis in der Hand, die randvoll waren und zu einem guten Teil auch auf unsere Kleider schwappten, entfernten wir uns von der Bar und quetschten uns auf einen Sitzplatz am Fensterbrett. Die Massen brandeten auf dem Weg zu oder von den Toiletten an uns vorbei. Tuba war bester Laune. Ihr war nicht entgangen, dass zahlreiche Männer sie bereits ins Auge gefasst hatten.

Ich hatte es ja irgendwann erwartet, bloß dass es nicht unbedingt hier und jetzt hätte sein müssen. Hand in Hand sah ich ein

Pärchen von den Toiletten kommend auf uns zusteuern. Meine einzige Hoffnung war, dass Tuba durch andere Dinge abgelenkt wäre. Aber sie schaute in ihre Richtung und sah sie.

Auch wenn Melih und Suna ihre Hände inzwischen voneinander gelöst hatten.

Der Weg, auf dem wir uns befinden

Nachdem der Schock zunächst visuell und dann auch verstandesmäßig überwunden war – inzwischen waren ein, zwei Tage vergangen –, sagte Tuba, während wir unseren Morgenkaffee tranken, zu mir: »Eigentlich passen sie gut zueinander.«

Meinem verständnislosen Gesichtsausdruck begegnete sie mit ihrem »Wir wissen beide, wovon ich spreche«-Blick, bei dem sich ihre Mundwinkel nach oben zogen und sie den Kopf leicht zur Seite neigte.

Ich zuckte die Schultern. Ich wollte diesbezüglich keinen Kommentar abgeben, der sie hätte verletzen oder ihr Kopfzerbrechen bereiten können, weil er mehr verriet, als sie ohnehin schon wusste.

»Meine Vergangenheit mit ihm erscheint mir mittlerweile so fern. Innerlich hatte ich wohl schon viel früher mit Melih abgeschlossen.«

Im Hintergrund lief Melike Demirağ.

»Ich treffe mich vielleicht vorerst nicht mehr mit ihnen, aber nicht, weil ich wütend auf sie wäre, sondern weil sie jetzt gerade jedes Wort und jede Geste falsch interpretieren würden. Bei mir war es so ähnlich. Du weißt ja, was ich mit seiner geschiedenen Frau erlebt habe, als Melih und ich noch zusammen waren.«

Ihre Stimme war weder traurig noch zornig. Ich hatte es mit einer ruhigen, entschlossenen Frau zu tun, die fest hinter ihren Aussagen stand.

»Aber du kannst dich mit ihnen treffen und solltest es sogar tun. Suna ist kein Mensch, der wissentlich Böses täte, und wer weiß, was Melih über mich erzählt, womöglich war ich ja die Hölle für ihn.« Sie schwieg.

»Jede Geschichte hat immer zwei Seiten«, fuhr sie dann fort und nahm einen Schluck von ihrem Kaffee. Ihre blauen Augen schauten mich direkt an.

»*Şimdi İstanbul'da Olmak Vardı Anasını Satayım*« – »Ich könnte jetzt verdammt noch mal in Istanbul sein«, begleitete sie das gerade einsetzende Lied.

Das Dossier

An dem Tag, an dem unser Dossier in der deutschen Presse erschien, verbreiteten Nachrichtensendungen nicht bloß aus Deutschland, sondern aus ganz Europa Details über die Kriegsverbrechen der türkischen Regierung und ihre Rolle beim Militärputsch.

Ich hatte davon gelesen und selbst miterlebt, wie sämtliche Politiker und Regierungen vor Kriegsverbrechen ihre Augen verschlossen, solange es dem eigenen Nutzen diente. Und offen gesagt erwartete ich mir auch von einem Westen, der einst einen Naziverbrecher zum Generalsekretär der UN gewählt hatte, der wegschaute, wenn Offiziere in Bosnien Zivilisten ermordeten, und der taubstumm gegenüber dem Geschehen in der Türkei zu sein schien, um selbst auch nur ja keine Kriegsgeflüchteten aufnehmen zu müssen, nicht allzu viel.

Aber etwas anderes hatte ich mir von der Veröffentlichung des Dossiers sehr wohl erwartet, und so mochte sich das Lächeln erklären, das sich über mein Gesicht legte, kaum dass ich die Zeitung zur Hand genommen hatte.

Das Visum

Als wir bei der Kanzlei eintrafen, ließ Klaus uns sofort hereinbitten, obgleich wir auch diesmal wieder zehn Minuten zu früh waren.

Er hatte diverse Zeitungen vor sich ausgebreitet, und sein Gesichtsausdruck zeigte uns, dass er mit den jüngsten Entwicklungen sehr zufrieden war.

»Zunächst meine herzlichsten Glückwünsche«, sagte er. »Das ist nicht nur für euch, sondern für die gesamte Erdbevölkerung und für den Frieden im Nahen Osten ein überaus wichtiges Dossier.«

Er unterbrach sich kurz, weil seine Assistentin eingetreten war, um uns zu fragen, ob wir etwas trinken wollten, dann fuhr er fort: »Ich habe Kontakt zu den maßgeblichen Stellen aufgenommen. Und ich kann Ihnen sagen, Tuba, dass Ihr Dossier mit viel Anerkennung wahrgenommen wurde. Dass Sie eine derart umfangreiche wie riskante Recherche ganz allein bewältigt haben, stimmt mich zuversichtlich, was Ihre Zukunft hier in Deutschland angeht. Ihrer Aufenthaltsgenehmigung steht aus meiner Sicht nichts mehr im Wege.«

Heimat

Wieder kam meine Mutter früher nach Hause. Ich hatte eine ihrer Strumpfhosen an, einen nach oben gerutschten Rock und ein Spaghettiträgertop. Der Lippenstift war verschmiert und hatte teils auf seine Lippen abgefärbt. Meine Mutter erstarrte. Dann schleuderte sie mir ihr Einkaufsnetz entgegen. Als sie mich an den Haaren packte und mich mit Tritten zu traktieren begann, hatte er sich längst durch die offene Tür davongemacht.

Ihre Ohrfeigen, Tritte und Fingernägel hatten blutige Spuren in meinem Gesicht hinterlassen. Sie stürmte in mein Zimmer, zerrte eine Hose und ein T-Shirt aus dem Schrank und schmiss mir die Sachen hin, während ich noch auf dem Boden lag.

»Zieh meine Kleider aus und verschwinde aus meiner Wohnung, du Schwuchtel oder Nutte oder was du bist! Weg mit dir! Ich will dich nie wiedersehen. Du Dreckschwein!«

Die Zeit

Die Zeit heilt alle Wunden, sagt man. Das tut sie nicht. Der Schmerz bleibt. Den bekommt die Zeit nicht weg. Sie lässt die Wunden nur verkrusten. Aber der Schmerz ist immer noch da. Wer wüsste das besser als ich?

Nachdem ich die Wohnung verlassen hatte, erzählte er herum: »Der hat sich auf mich gestürzt und wollte mich abknutschen, ich glaube, der ist pervers, oder warum zieht er sonst die Kleider seiner Mutter an?« Da schliefen wir seit einem Jahr miteinander, und ich dachte, wir wären unsterblich ineinander verliebt.

Die ersten Jahre waren hart, ich war ohne einen Cent auf der Straße gelandet. Aber wenn du nicht stirbst, dann lebst du weiter. Und es gibt nichts, was der Mensch nicht täte, um am Leben zu bleiben, das habe ich damals begriffen. Ich hatte sogar für eine Bratwurst schon Sex.

Nachdem ich auf Umwegen das Abitur erreicht hatte und beschloss, nach Istanbul zu gehen, hatte ich schon ein wenig Geld zusammengespart. Ich rief meine Schwester an, aber sie weigerte sich, mich zu treffen. Nicht nur aufgrund der Geschichten, die unsere Mutter ihr erzählt hatte – ihr Mann, den sie gerade geheiratet hatte, war strenger Moslem, und sie wollte ihr biederes Familienglück meinetwegen nicht in Gefahr bringen. Ohnehin hatte sie mich seit Jahren nicht gesehen, und vielleicht hatte sie es uns auch insgeheim nie verziehen, dass wir sie einst allein zurückgelassen hatten.

In Istanbul war es nicht einfach, aber ich ließ mich nicht unterkriegen. Als ich mein Fernstudium begann, jobbte ich zunächst in der Telefonzentrale einer Zeitung. Am Anfang war allen Beteiligten wohler zumute, wenn ich an unsichtbaren Orten eingesetzt wurde. Dann schloss ich das Studium ab und begann, für eine Agentur zu übersetzen, wobei mir auch meine Deutschkenntnisse zugutekamen. Viele Menschen musste ich dafür nicht treffen, und meine Kollegen gewöhnten sich mit der Zeit an mich, sodass ich ihnen nicht mehr so »seltsam« erschien. Als es mir schließlich gelang, ins außenpolitische Ressort der Zeitung aufgenommen zu werden, in deren Telefonzentrale ich zuvor schon gearbeitet hatte, verspürte ich eine Zufriedenheit, es nun endlich »geschafft« zu haben, ein Gefühl, an das ich mich noch heute erinnern kann.

Ich hatte mir gewünscht, unter anderem Namen ein neues Leben zu beginnen, ein Leben, in dem ich ich selbst sein konnte. Nachdem inzwischen auch mein Großvater verstorben war, gab es für mich keinen Grund mehr, an dem Namen, den er mir gegeben hatte, weiter festzuhalten. Da ich dem Körper, in dem ich geboren worden war, und dem Geschlecht, das man meinte mir zuschreiben zu müssen, bereits entronnen war, brauchte ich auch den Namen, den ich seit meiner Geburt hatte, nicht länger zu tragen.

So wurde ich zu Dunya, was »Welt« bedeutet. Und wenn ich von Türken gefragt wurde: »Dünya?«, verbesserte ich: »Nein, Dunya, mit u statt mit ü.« Denn ich hatte mir meine eigene Dunya, meine eigene Welt erschaffen.

Was ist das Leben?

»Für mich ist es ein ständiges Hinterfragen«, wollte ich erwidern, als Tuba mir diese Frage stellte. Sie hatte gerade eine ihrer Face-Time-Sessions mit Luka beendet, die immer kürzer wurden. Ich spürte, dass es zwischen ihnen allmählich abkühlte. Wenigstens hatte er Tuba damals von ihrem Trübsinn befreit.

»Vielleicht ist es der Versuch, mithilfe von Erinnerungen die Vergangenheit zu verstehen«, sagte ich stattdessen.

»Wenn du doch bloß mal deine Geschichte aufschreiben würdest, das mit deiner Mutter und so«, sagte sie.

»Vielleicht mache ich das eines Tages«, sagte ich.

»Weißt du, die Möwen sind wie die Tauben eigentlich monogam. Aber wenn sie mit ihrem Partner keine Jungen bekommen, suchen sie sich einen anderen«, sagte sie dann ganz unvermittelt. Es war weder eine Taube noch eine Möwe in der Nähe.

»Vielleicht«, fügte sie hinzu, »ist das Leben ja das, was mich und die Möwen immer wieder zusammenbringt.«

Ende

Wir haben versucht, gemeinsam erwachsen zu werden, Mutter, aber wir hatten unterschiedliche Träume und unterschiedliche Hoffnungen in Bezug auf das Leben, schauten in der gleichen Richtung auf unterschiedliche Dinge und empfanden beim Anblick derselben Objekte unterschiedliche Gefühle. Irgendwann beginnen die Wege, ohne dass man es merkt, sich zu trennen. Mitunter fällt einem das erst auf, wenn man schon so weit voneinander entfernt ist, dass man den anderen gar nicht mehr sieht. Wir beide kommen aus einem Land, das seine treuesten Staatsangehörigen verstoßen hat. Über Wege, auf denen Geschwister, Freunde und Geliebte sich voneinander entfernen. Weder sind die, die gehen, schwach, noch die, die bleiben, verzweifelt. Wir waren wie alle Familien: Wir logen einander etwas vor.

Ich behielt, was ich sagen wollte, für mich, verbarg, was zu Bruch gegangen war, zog in mir einen anderen Menschen heran, einen, der mir näher war als der, den ich nach außen hin zeigte. Als der, den ich in mir hatte aufwachsen lassen, zu meinem Ich wurde, trennten sich unsere Wege. Aber auch als mein altes Ich bin ich hin und wieder glücklich gewesen, das werde ich nicht vergessen.

Je öfter ich mich an diese Augenblicke des Glücks erinnere, desto weniger schmerzt mich die Vergangenheit.

Denn ich weiß, irgendwo in einem stillen Winkel einer abgelegenen Straße wird jemand zum ersten Mal »Ich liebe dich« sagen; jemand wird es zum ersten Mal hören; jemand wird das Elternhaus verlassen und zum ersten Mal eigene Wege gehen, wird einen letzten Blick auf das Zimmer werfen, in dem er aufgewachsen ist; jemand wird endlich einen Preis gewinnen, für eine Sache, die ihm am Herzen liegt und der er viel geopfert hat; jemand wird die Stadt, von der er immer nur geträumt hat, beim Landeanflug zum ersten Mal sehen und sich aufgeregt an seine Mutter klammern; jemand wird sich grundlos erleichtert fühlen, wenn in einem Park, dem Gezi-Park vielleicht, eine Katze sich ihm nähert und ihren Kopf an seinen Beinen reibt, und gemeinsam mit der Katze wird er in den Himmel schauen und lächeln und den Liedern lauschen, die für den Park geschrieben wurden; jemand wird einen Anruf bekommen von einer Person, nach der er sich gesehnt hat; jemand wird einen Freund liebevoll zudecken, in einer kalten Stadt; an einem anderen Ort der Erde wird gerade Morgen sein und jemand anderes wird hoffnungsvoll in diesen Morgen blicken, wenn das durch die Vorhänge sickernde Licht ihn geweckt hat. Ich weiß, eines Tages wird jeder wenigstens einen Moment lang glücklich sein und sich wünschen, es würde ewig so weitergehen. Ich erinnere mich an jene Momente und bin glücklich.

Jetzt sitzen Tuba und ich in Berlin nebeneinander. Im Hintergrund rattert die S-Bahn in Richtung Hauptbahnhof. Gelbes Licht erhellt die stille Straße und den Turm in der Ferne. In den Containern, in denen die Geflüchteten wohnen, gehen die Lampen an.

Ich lese ein letztes Mal die Postkarte, die ich im Schreibwarengeschäft in der Kastanienallee gekauft habe und auf der vier Ansichten von Berlin zu sehen sind, und stecke sie in einen Umschlag. Morgen werde ich sie an Buket schicken.

»Wenn wir zurück in Istanbul sind«, sagt Tuba, »leben wir dann auch wieder zusammen?«

»Du wirst dich schon noch ein paarmal verlieben«, sage ich. »Besprechen wir das in zwanzig Jahren, falls wir dann noch am Leben sind.«

Sie lächelt in sich hinein, als gehe sie davon aus, dass es ganz bestimmt so kommen werde.

Ich sage ihr nicht, dass wir vielleicht nie wieder nach Istanbul werden zurückkehren können. Menschen wie wir sind heimatlos, uns zieht man überall neue Grenzen, die wir nicht überschreiten dürfen.

Und ich denke, dass sie das insgeheim auch weiß.

Lesenswert: Die ersten beiden Bände der Exil-Trologie von Barbaros Altuğ.

»Mit seinen Romanen will der türkische Schriftsteller Barbaros Altuğ Sand ins offizielle türkische Geschichtsnarrativ streuen, erklärt er im taz-Interview. In seinem Roman *Sticht in meine Seele* gehe es daher auch um den Genozid an den Armeniern, den so zu benennen in der Türkei selbst Intellektuelle ablehnen.« Perlentaucher. Das Kulturmagazin

Derin ist Journalistin. Sie ist so türkisch wie französisch und lebt in Paris. Als sie sich gerade auf den Weg machen will, um über einen ermordeten Kollegen in Istanbul zu schreiben, begegnet ihr kurz vor dem Abflug ein Armenier. Seine Geschichte fesselt sie, wirft aber auch Rätsel auf. In Istanbul angekommen, beginnt sie zu recherchieren und eine so irritierende wie dramatische Suche beginnt, deren Ergebnis sie vollkommen erschüttert.

Barbaros Altuğ, **Sticht in meine Seele**
ISBN 978-3-944666-48-8
152 Seiten, Klappenbroschur, € 16,00

Barbaros Altuğ, **ruhumdaki yaralar**
Türkische Ausgabe, ISBN 978-3-944666-86-0
96 Seiten, Klappenbroschur, € 14,50

Es geht uns hier gut baut Brücken im Geist von Gezi zwischen Gestern und Heute, zwischen Istanbul und Berlin und beweist die Macht von Liebe und Büchern.

Eren, Ali und Yasemin sind in Berlin gestrandet, die Euphorie der Istanbuler Gezi-Proteste ist verflogen, die Wunden noch nicht verheilt. Umso größer sind die Erwartungen an ein neues Leben nach eigenen Vorstellungen. Das Leben geht weiter, oder doch nicht? Wie schmerzhafte Erinnerungen verarbeiten und neue Wege finden? Nach Wochen der Ungewissheit und quälenden Sinnfragen verändern zwei Nachrichten alles: Yasemins Baby und Erens Romanmanuskript …

Barbaros Altuğ, **Es geht uns hier gut**
ISBN 978-3-944666-33-4
96 Seiten, Klappenbroschur, € 14,50

Originaltitel: Yabancı

Die Arbeit des Übersetzers am vorliegenden Text wurde vom Deutschen Übersetzerfonds gefördert im Rahmen des Programms »NEUSTART KULTUR« der Beauftragten der Bundesregierung für Kultur und Medien.

Zitat Seite 9 aus: Burgess, Anthony (2020): »Der Fürst der Phantome«. Klett-Cotta Verlag: Stuttgart

1. Auflage 2022

www.orlanda.de

Übersetzung: Johannes Neuner
Lektorat: Palma Müller-Scherf
Korrektur: Miriam Gries
Umschlag: Reinhard Binder
Fotos: Adobe Stock
Autorenfoto: © Mustafa Nurdoğdu
Satz: Melanie Scheer
Druck und Bindung: Schaltungsdienst Lange, Berlin
Printed in Germany

Dieses Buch wurde klimaneutral gedruckt.

MIX
Papier aus verantwortungsvollen Quellen
FSC® C083411

ISBN 978-3-949545-18-4

Bei aller Sorgfalt können auch wir Fehler übersehen.
Deshalb freuen wir uns, wenn Sie uns Hinweise auf Fehler an folgende Adresse schicken: mail@orlanda.de